Jaqueline Claus

Im Kleid der Trauer

Illustrationen von
Judith Vogler

Wir alle leben mit unserer ganz eigenen Wahrheit,
von dem was war
und dem was ist.

Die vorliegende Geschichte ist frei erfunden und jegliche Ähnlichkeiten mit real existierenden Personen, Situationen oder Orten sind rein zufällig und unbeabsichtigt.

Bisher erschienen:
Der Kampf um mein Leben
Nackt (Gedichte)

Bibliografische Information der Deutschen Nationalbibliothek: Die Deutsche Nationalbibliothek verzeichnet diese Publikation in der Deutschen Nationalbibliografie; detaillierte bibliografische Daten sind im Internet über dnb.dnb.de abrufbar.

Covergestaltung: Julia Janßen
Illustrationen: Judith Vogler

Herstellung und Verlag:
BoD – Books on Demand, Norderstedt

ISBN 9783749482009

Die Sonne glitzert durch die Bäume hindurch. Endlich wird es Frühling.

Für einen winzigen Augenblick scheint es als würde der Schmetterling in der Luft anhalten, nur damit ich ihn kurz ganz sehen kann. Wie schön er ist, staunend vor Ehrfurcht halte ich im Laufen inne. Er segelt einfach durch die Luft und lässt sich vom Wind tragen. Bereits im nächsten Moment schlägt er wieder mit seinen sanften Flügeln und macht sich davon. Halt! Warte, rufe ich ihm nach, aber er scheint mich nicht zu hören. Wo er wohl hin ist? Haben Schmetterlinge eigentlich ein zuhause? Verzweifelt und suchend irre ich ziellos im Wald umher. Wie spät ist es? Verdammt, wenn ich wieder zu spät nach Hause komme gibt es richtig Ärger. Auweia. Was ist das? Plötzlich sehe ich in meiner Nähe zwei Menschen durch den Wald laufen. Ich sollte nicht hier sein, besser ich verstecke mich lieber. Im Schutze eines Baumes beobachte ich die beiden. Beim näher kommen erkenne ich sogar wer sie sind. Aber das kann ja eigentlich gar nicht sein. Was machen sie hier? Aus einem Impuls heraus will ich ihnen zurufen, mit ihnen gemeinsam zurück nach Hause gehen, aber ich werde abgelenkt. Direkt auf der Haut meiner linken Hand kribbelt es, noch bevor ich ihn erkenne fühle ich ihn, meinen Schmetterling. Ganz selbstverständlich sitzt er auf meinem Handrücken und schlägt mit seinen Flügeln. Wie faszinierend das aussieht. Mitten hinein in diesen Augenblick der Verzückung platzt plötzlich ein ohrenbetäubender Knall. Ein Schuss. Was? Ich schaue hoch, dorthin wo vorhin die beiden liefen. Alles ist wieder still. Um nicht laut auf zu schreien, als ich verstehe was passiert ist, halte ich mir die Hand vor den Mund. Presse beide Hände ganz fest darauf aus Angst er könnte mich hören. Ich drehe mich weg, spüre die Rinde des Baumes in meinem Rücken, lehne mich dagegen, schaue nach oben und sacke langsam nach unten.

Mein Schmetterling ist weg.

Maria ist weg.

Ein Schuss.

Papa.

Ich weiß es.

Mein Kleid ist schmutzig. Mist. Ich traue mich nicht, mich nochmal umzudrehen. Was wenn er mich sieht? Ob er mich dann auch? Wie komme ich am schnellsten nach Hause? Ohne weiter drüber nachzudenken renne ich einfach los. Schnell, immer schneller. Will vergessen, was ich gesehen habe, so tun als wäre es nie passiert. Auch wenn es das ist. Völlig atemlos komme ich zu Hause an. Meine Mutter entdeckt mich schon aus dem Küchenfenster. Das gibt Ärger. Egal. Während ich sehe wie sie mich anbrüllt und mir eine Standpauke hält frage ich mich, weiß sie es? Die Worte dringen nicht in mein Ohr. Stattdessen höre ich den Knall immer und immer wieder in meinen Ohren.

Mir laufen die Tränen einfach so über die Wange. Da scheint auch meine Mutter genug zu haben oder das Gefühl, was sie sagte sei bei mir angekommen. Ich darf auf mein Zimmer gehen. Gerade im Begriff die Treppe hochzugehen höre ich wie sich die Haustür öffnet. Ein Teil von mir hofft, dass dort nun Maria hereinkommt, ich mit ihr spielen kann, doch daraus wird nichts. Durch die Tür kommt mein Vater ins Haus, sein Blick ist leer, das Gewehr hängt über seiner Schulter. Bei seinem Anblick wird mir klar, Maria wird nie wiederkommen, dafür hast du schon gesorgt, nicht wahr? Aber wieso? Warum? Für einen kleinen Moment streifen sich unsere beiden Blicke. Dieser Mann dort ist mein Vater. Er ist ein Mörder.

Mein Vater ist ein Mörder. So ruhig wie nur irgend möglich versuche ich mich abzuwenden, um auf mein Zimmer zu gehen. In meinem Zimmer angekommen werfe ich mich gleich auf mein Bett. Nichts hält mich mehr. Mit meinen Fäusten schlage ich auf das Bett ein. Will das alles nicht hören, nicht sehen. Jetzt bin ich wieder allein. Seit Maria bei uns war, fühlte ich mich endlich nicht mehr allein. Plötzlich gab es jemanden, der mit mir spielte, auch mal lachte. Mit dem ich reden konnte. Und jetzt? Wieso Papa? Was hat sie dir denn getan? Ich verstehe das einfach nicht. Manches Mal, wenn ich Blödsinn machte, gab es Ärger ja, aber dass er soweit gehen würde. Nein, damit hätte ich nicht gerechnet. Plötzlich ruft meine Mutter zum Abendessen. Ich beeile mich runter zu kommen, will ich doch keinen Ärger machen, keinen Anlass zur Aufregung bieten, wer weiß wie viel ausreichen würde, damit. Bin ich vielleicht die nächste? Was Mama wohl denkt wo Maria ist? Beim Abendessen verkündet mir meine Mutter, das Maria weg sei und auch nicht mehr wiederkommen würde, irgendwas mit ihrer Familie. Bisher starrte ich auf meinen Teller doch ich kann nicht anders und schaue sie direkt an. Unsinn, kompletter Schwachsinn, denke ich. Ganz direkt sehe ich ihr in die Augen, dort erkenne ich was ich befürchte, sie weiß es. Oh, Gott.

In den kommenden Tagen ist es bei uns zu Hause sehr ruhig. Fast gespenstisch wirkt es. Wieder einmal legt sich über allem der Mantel des Schweigens. Ich könnte kotzen. Papa ist oft und lange weg, wenn er dann wieder kommt ist er meist betrunken. Mama hingegen schließt sich oft ins Wohnzimmer ein, was ich zuerst nicht verstand, bis ich sie eines Nachmittages darin weinend auf dem Sofa sah. Ein Teil von mir wollte zu ihr, sie in den Arm nehmen, um sie zu trösten, der andere sie anbrüllen, sie aufwecken, wachrütteln.

Ich konnte weder das eine noch das andere. Stattdessen setze ich mich in den Garten auf die Bank unter der Blutbuche und erinnere mich an Maria, denke an ihr Lachen, die Dinge, die sie mir zeigte, daran wie schön sie war. Hoch oben am Himmel beobachte ich die Vögel, wie sie einfach so drauf los fliegen und sehne mich danach es ihnen gleich tun zu können. Das muss doch herrlich sein, einfach hinfliegen zu können wo es einem gefällt, frei zu sein.

In den kommenden Wochen ist Papa kaum mehr zu Hause und wenn dann ist er ständig nur betrunken. Was darauf folgt sind meist lautstarke Streitereien meiner Eltern. Immer öfter finde ich mich selbst am oberen Ende der Treppe sitzend vor, lausche ihnen wie um sicherzustellen, dass sie beide noch am Leben sind. Blödsinnig, ich weiß, doch es scheint fast so, als wäre für mich das Hören ihrer Stimmen eine

Garantie dafür, sie sind noch am Leben. Irritiert stelle ich fest, dass neben Marias Namen auch der Name Felix in ihren Auseinandersetzungen fällt. Doch wer ist das? Mir sagt der Name nichts. Komisch.

Es ist ein Abend wie die anderen zuvor auch schon. Mitten in ihrem Streit wird es plötzlich still. Von jetzt auf gleich höre ich nichts mehr. Panik steigt in mir hoch. Unruhig sitze ich auf der Treppenstufe unsicher, was nun zu tun ist. Soll ich runter? Was wenn? Oh Gott. Ohne weiter lange darüber nachzudenken, ziehe ich mich am Treppengeländer hoch und stürme ins Wohnzimmer. Meine Mutter hält sich die Wange und sitzt auf dem Sofa, während mein Vater die Flasche Schnaps gerade wieder ansetzen will. Mir reicht´s! Schluss aus Ende. Die Wut in mir ist riesig, innerlich koche ich. Schnellen Schrittes erreiche ich meinen Vater, will ihm die Flasche entreißen und brülle ihn an: „Hör auf damit! Es reicht! Siehst du nicht, dass du alles kaputt machst?" Beim Entreißen der Flasche schlägt sie gegen die Fensterbank und mein Vater hält nun den oberen Teil immer noch in der Hand. Scheiße, bin ich lebensmüde. In der einen Hand die Flasche, mit der anderen drückt er mich gegen die Wand und sagt gepresst: „Pass mal auf, Fräulein, das verstehst du nicht, also halt dich da raus. Ist das klar?" Statt zu antworten kann ich nur nicken. In Wahrheit sehe ich mich bereits sterben. Für einen kurzen Moment schließe ich die Augen in der Hoffnung, beim erneuten Öffnen stellt sich das alles hier nur als böser Alptraum raus. Hilft aber nicht. Langsam lässt er mich los. Endlich kriege ich wieder einigermaßen Luft. Gleich ist es mit mir vorbei, denke ich. Hilfesuchend schaue ich zu meiner Mutter rüber, die sich wegdreht. Stille. Keiner von uns sagt mehr was. Sie hat was Bedrückendes und vor allem Bedrohliches.

Völlig erschrocken stehe ich da. Kann nicht fassen, dass es gerade wirklich passiert ist. Die Tür ist zu. Zum wiederholten Male stehe ich hier in diesem kleinen Kabuff unter der Treppe und bin eingesperrt. Aber wieso eigentlich? Was zur Hölle habe ich denn diesmal verbrochen? Wobei ich den Eindruck gewinne das ist egal, irgendwas findet er immer. Und meine Mutter? Sie schaut einfach zu. Wut steigt in mir hoch. Die verraucht bald als er auch noch von außen das Licht ausmacht. Mich fröstelt es, der Raum ist klein, eng und mufft. Langsam taste ich mich durch den Raum und versuche nirgendwo anzustoßen. Wo ist nur? Ach da. Gut. Ich setze mich in meine Ecke und ziehe die Knie ran. Arschloch! Mörder. Verdammter Idiot. Am liebsten würde ich ihm mal so richtig eine reinhauen. Doch ich traue mich nicht. Was wenn er mich dann auch? In letzter Zeit frage ich mich immer öfter, ob das letztlich nicht vielleicht sogar besser so wäre. So ist das doch kein Leben.

Das kalte Wasser trifft mich mitten im Gesicht. Aufwachen, aufwachen, raunt es in mir. Was für ein seltsamer Traum, denke ich beim fertig machen. Heute Nacht träumte ich von meiner Mutter, mit einem Babybauch. Komisch. Dabei hab ich doch gar keine Geschwister.

Wie schön. Richtig schön war das. Ich saß zusammen mit Maria auf meiner Lieblingsbank unter der Blutbuche in unserem Garten und sie las mir vor. Meine Mutter sah uns vom Küchenfenster aus zu. Komisch, sie sah dabei so traurig aus. Dabei war es so ein schöner Tag. Die Sonne schien, ich hörte die Vögel singen und Maria las mir vor. Herrlich. Am Abend vorher tat sie es sogar heimlich vorm Schlafen gehen. Früher machte Mama das immer. Aber seit ein paar Jahren nicht mehr. Irgendwann sagte sie plötzlich, dafür wäre ich zu alt. Fand ich gar nicht. Blöde Kuh. Und Maria Gott sei Dank auch nicht. Es war unser kleines Geheimnis. Vor ungefähr 2 Monaten brachte Papa Maria mit nach Hause. Mamas Blick als sie sie sah, werde ich ganz sicher nicht vergessen. Er meinte nur Maria sollte Mama im Haushalt und mit mir helfen. „Schon klar", murmelte sie, nicht ohne ihr einen warnenden Blick zu zuwerfen.

Verstand ich gar nicht. Maria war doch nicht gefährlich. Ganz im Gegenteil. Mir ging es viel besser, weil ich weniger alleine war. Die anderen Kinder aus dem Dorf wollten ja nicht mehr mit mir spielen. Voll gemein. Aber nun war Maria ja da. Nach dem Vorlesen spielten wir noch verstecken im Garten. Manchmal glaubte ich, dass sie mich absichtlich gewinnen ließ.

Sonntag. Seit Stunden regnete es in einer Tour. Hört das bitte auf? Obwohl zu meiner Stimmung passte das schon irgendwie. Stimmt. Seit einigen Wochen schlief ich schlecht. Konnte kaum Ruhe finden, geschweige denn des Nachts ein Auge zu machen. In den vergangenen Jahren wünschte und hoffte ich vergebens, jemand käme eines Tages um mich hier weg zu holen. Die Erklärung ich bin als Kind vertauscht worden oder adoptiert. Irgendwas das mir bestätigte eigentlich gehöre ich hier nicht hin, war falsch hier. Nichts passierte. Nein. So ganz stimmt das auch nicht. Schön wär´s. Scheinbar bin ich mit einem Talent gesegnet, Dinge zu erfahren, Dinge zu sehen und zu hören, die mich in Gefahr bringen. Wunderbar. Wieso nicht irgendeine Superkraft oder so? Damit ließe sich schließlich zumindest noch was anfangen, im Gegensatz dazu. Vor ungefähr 3 Wochen suchte ich im Keller nach alten Schulsachen von mir, stattdessen fand ich meinen kleinen Bruder. Vielmehr das was von ihm übrig blieb. Scheiße. Verfluchte Scheiße. Keine Ahnung wieso, doch mit einem Mal zog es mich in diese dunkle Ecke im Keller. Dort ragte aus einem kleinen Karton ein kleiner Kopf hervor. Süß dachte ich. Beim näher kommen entdeckte ich, dass es ein Kuscheltier ist. Im ersten Moment glaubte ich noch, vielleicht ein altes von mir, an das ich mich einfach nicht mehr erinnern kann. War es aber nicht. Nein. Um mir das knuddelige Bärchen genauer ansehen zu können öffnete ich die kleine Kiste. Der Inhalt verwirrte mich. Auf einem kleinen Fotoalbum stand mit der Handschrift meiner Mutter: „Felix", darunter lag ein Mutterpass und ein Notizbuch. Was ist das? Felix? Ich erinnerte mich an die Streitereien meiner Eltern, in denen immer wieder der Name Felix fiel. Wer ist das? Wieso? Die Informationen setzten sich erst langsam in meinem Gehirn zusammen. Nach und nach entstand ein Bild vor meinem inneren Auge, das ich obwohl ich es sehen konnte, dennoch nicht verstand. Also schlug ich das Fotoalbum auf. Plötzlich drehte sich der Boden unter meinen Füßen. Auf den ersten Bildern erkannte ich meine Mutter mit stolzem Babybauch und daneben hielt sie ein kleines Mädchen an der Hand. Ich sank zu Boden. Sanft strich ich über das Foto. Mein Traum vor einigen Jahren, selbst der ergab nun Sinn. Ungeduldig blätterte ich weiter, ein Tränenschleier machte mir das Erkennen der Bilder zwischenzeitlich unmöglich. Mitten im Album brachen die Fotos ab. Das letzte Foto war noch ganz ordentlich beschriftet. „Felix mit seiner Schwester Katrin." Vorbei. Alle Schleusen waren offen. Felix. Mein Bruder. Aber? Wo ist er? Was ist passiert? Maria? Ich saß hier auf dem kalten Boden im Keller und verstand die Welt nicht mehr. Einige Zeit saß ich einfach nur da, starrte auf das Foto vor mir. Bis mich plötzlich die Panik überfiel. Wie lange bin ich schon hier unten? Schnell packte ich das Notizbuch ein, stellte die Kiste wieder zurück ins Regal, nahm meine gesuchten Schulsachen und ging wieder hoch. Hoffentlich sehen meine Eltern mich nicht. Zu viele Fragen in meinem Kopf.

Fest im Hosenbund steckte das Notizbuch aus dem Keller. Bitte lass sie mich nicht sehen. Schnellstmöglich versuchte ich unbemerkt in mein Zimmer zu kommen, wer weiß was passieren würde, wenn sie mich entdeckten. Nichts Gutes, das stand fest. Jetzt noch die letzte Stufe, dann hab ich es geschafft, dachte ich noch. Kurz darauf schloss ich die Tür meines Zimmers und lehnte mich gegen die Tür. Vorsichtig holte ich das kleine Büchlein raus. Definitiv gehörte es meiner Mutter. Felix ist mein Bruder. Nein, falsch. Er war mein Bruder. Unter Tränen öffnete ich das Buch. Ich blätterte darin und das schlechte Gewissen, was ich vielleicht haben sollte, fehlte. Der Zweck scheint die Mittel doch zu heiligen. Schließlich fand ich den letzten Eintrag:

„Ich werde es nie wieder gut machen können. Hoffentlich wird Katrin ihn einfach vergessen. Das hab ich nicht gewollt. Wirklich nicht. Es war keine Absicht. Wenn er doch einfach nur aufgehört hätte zu schreien. Ich fühlte mich so hilflos, allein mit allem. Und jetzt ist mein kleiner Sonnenschein tot. Einfach tot. Nicht mehr da. Die Leute im Dorf reden. Sie meiden uns. Am Ende schweigen sie, wie wir. Tun als wäre nichts passiert. Werde ich ihn dadurch irgendwann vergessen, nicht mehr wissen, dass es ihn je gegeben hat? Sämtliche seiner Sachen brachte ich weg oder verbrannte ich. Konnte die Dinge, die Erinnerungen nicht ertragen. Seit diesem Tag erscheint mir alles so sinnlos. Ich glaube, wenn Katrin nicht wäre, weiß ich nicht, ob ich noch wär.“

Bisher glaubte ich, nur mein Vater wäre ein Mörder. Jetzt hatte ich Gewissheit, beide sind Mörder. Mir wurde schlecht. Fassungslos und völlig überfordert legte ich das Notizbuch weg. Das alles wollte einfach nicht in meinen Kopf.

Konnte es nicht verstehen. Begreifen.

Ich musste hier weg, sonst bin ich noch die nächste.

Mitten in der Nacht schleiche ich mich raus. Versuche so flach wie möglich zu atmen. Wenn einer von beiden mich entdeckt und sie sehen was ich versuche zu tun, erlebe ich den nächsten Tag wahrscheinlich nicht. Der Rucksack ist verdammt schwer, die Riemen schneiden mir in die Haut. Reiß dich zusammen, ermahne ich mich. Selbst meine Schuhe halte ich in der Hand, auf Socken taste ich mich im Dunkeln langsam voran. Einen Schritt nach dem anderen. Bloß niemanden wecken. Wehe. Mittlerweile stehe ich vor der Haustür. In Zeitlupe drücke ich die Klinke herunter. Abgeschlossen. Was? Wieso? Panik. Schweiß bildet sich auf meiner Stirn. Ich will schreien. Hilfesuchend schaue ich mich um. Wo könnte der Schlüssel sein? In meinem Gehirn rattert es gewaltig. In seinem Schreibtisch vielleicht? Um in sein Arbeitszimmer zu kommen muss ich an ihrem Schlafzimmer vorbei. Beruhig dich, sage ich zu mir selbst. Ich schaff das. Ganz bestimmt. Die Angst sitzt mir fest im Nacken. Jeden zweiten Schritt Richtung Arbeitszimmer bleibe ich stehen, nur um mich zu vergewissern, dass alles ruhig ist. Bloß kein Risiko eingehen. Nach wenigen weiteren Schritten ist das Arbeitszimmer erreicht. Wo ist jetzt nur der Schlüssel? Das Licht anzumachen traue ich mich nicht. Also versuche ich im Mondlicht etwas zu erkennen. Ich schicke ein kurzes Stoßgebet in den Himmel. Scheint zu funktionieren, gleich in der zweiten

Schublade werde ich fündig. Für einen kurzen Moment bleibt mir allerdings das Herz stehen, nämlich als der Schlüsselbund klimpert. Verdammt. Haben sie was gehört? Dieser Moment in dem ich dort stehe, abwarte ob jemand kommt oder nicht, fühlt sich an wie eine Ewigkeit. Es bleibt ruhig. Ich muss mich beeilen, wenn ich den Bus noch erreichen will, sonst war alles umsonst. Zurück an der Haustür zittern meine Hände beim Öffnen der Tür. Nur noch wenige Meter trennen mich von meiner Freiheit, meinem neuen Leben. Nachdem die Tür auf ist lege ich den Bund so leise wie möglich auf die Fensterbank. Sanft schließe ich die Tür. Sicher bin ich erst im Bus. Bis dahin ist absolute Vorsicht geboten. Sie sind zu allem fähig, das weiß ich inzwischen. Kurz bevor ich um die Ecke biege, mein Elternhaus aus meiner Sicht schwindet, wage ich noch einen letzten Blick. Friedlich und ruhig liegt es vor mir, wird vom Mondschein eingehüllt. Niemand ahnt etwas. Der Schein trügt. Ob ich je wieder zurückkommen werde? Eine einzelne Träne kullert mir über die Wange bei diesem Gedanken. Los jetzt, weiter.

Gerade noch rechtzeitig erreiche ich den Nachtbus, der die anderen zur Party fährt und mich zum Bahnhof. Beim Blick aus dem Fenster schaue ich in die Dunkelheit der Nacht. Ist es jetzt vorbei? War's das? Bin ich sicher? Meine Angst lässt erst langsam nach als ich später im Zug Richtung Berlin sitze. Berlin.

Meine Hoffnung, meine Zuflucht. Nach und nach bricht der Morgen heran, ein neuer Tag strahlt mir entgegen. Seit langer Zeit entspanne ich mich, ja ich freue mich sogar. Alles nochmal auf Anfang bitte. Endlich wird alles gut.

„Hey, aufwachen. Wir sind da", raunt es lautstark in mein Ohr und zusätzlich rüttelt etwas an mir. Als ich langsam und wirklich nur widerwillig die Augen aufmache, erschrecke ich. Wer ist der Mann? Wo bin ich? „Na endlich. Hier ist Endstation Mädchen, hier musste raus. Nun aber dalli, ich will och nach Hause", entgegnet der Busfahrer nun etwas freundlicher. „Tut mir leid", nuschle ich noch bevor ich schnell meine Sachen zusammenpacke und gehe. Gerade von der Bustreppe den ersten Schritt raus, atme ich die kalte Nachtluft ein und wage den ersten Blick auf mein neues Zuhause. Eine einzelne Träne kullert mir vor Erleichterung von der Wange. Ich bin weg, hab's geschafft. Doch im selben Moment meldet sich die Angst. Was wenn sie mich finden? Wo soll ich schlafen? Noch bevor ich länger darüber nachdenken kann, meldet sich mein Magen lautstark zu Wort.

Ich laufe quer durch diese neue Stadt in den Tag hinein, auf der Suche nach etwas zu essen. Die Auswahl scheint schier kein Ende zu nehmen. Da entdecke ich einen kleinen Kiosk, der immer noch oder schon wieder auf hat. Beim Eintreten ertönt ein Glöckchen wie bei den ganz alten Läden. Gott sei Dank, sehe ich etwas älter aus sonst würden mich die Leute bestimmt weg schicken oder die Polizei mich fragen, was ich hier mache, oder? Wobei ich in einem Monat sowieso 18 werde. Egal jetzt, ich brauch endlich was zu essen. Während ich noch planlos durch den Kiosk laufe höre ich plötzlich eine Stimme: „Kann ich dir helfen?" Die ältere Dame steht mit einem Mal direkt neben mir. Ich hab sie gar nicht kommen gehört. Ob sie mir helfen kann? Mir ist glaub ich nicht mehr zu helfen. Meine Eltern sind Mörder und aus Angst die nächste zu sein, bin ich gerade mehrere hundert Kilometer mit dem Bus von zu Hause abgehauen, kaum Geld und keine Ahnung wie es weitergeht, denke ich. Aber das ist nichts was ich dieser Frau jetzt sagen kann. Ihr Blick ist durchdringend, warm und herzlich. Ohne weiter auf eine Antwort zu warten, schiebt sie mich plötzlich sanft zur kleinen Sitzecke. „Jetzt iss erst mal was und dann sehen wir weiter." „Danke", bringe ich noch raus bevor mir die Tränen kommen, einfach so ohne große Vorankündigung. Na bravo. Wer hat euch denn bestellt?

Mich kitzelt etwas in der Nase, noch ein bisschen schlafen, denke ich. Bitte. Moment Mal, wo bin ich? Was ist passiert? Erschrocken fahre ich im Bett hoch. Mein Herz pocht wie wild, als würde es mir gleich aus der Brust springen wollen. Langsam beruhige ich mich, das hier ist mein neues Zimmer, Sophies Zimmer. Welch ein Segen, dass ich diese wunderbare Frau gestern getroffen habe. Keine große Erklärung notwendig, stattdessen eine große Umarmung und ein kuscheliges Bett. „Du kannst bleiben solange du willst", sagte sie gestern noch. Jetzt frage ich mich gerade, ob sie das wirklich ernst meint. Schließlich kennt sie mich doch gar nicht. Andererseits wäre es die Lösung. Ich lasse mich wieder ins Bett zurück fallen. Vielleicht finde ich eine Lösung, wenn ich mich einfach nochmal hinlege.

Inzwischen ist es schon über einen Monat her, seitdem ich hier bei Sophie wohne, die keine Anstalten macht mich wieder gehen zu lassen.
Dabei weiß sie kaum was über mich. Wieso tut sie das dann alles für mich? Sind Menschen auch einfach nett ohne Hintergedanken?
Das wage ich noch nicht zu hoffen. Gleichzeitig sitzt mir die Angst ständig im Nacken, auch wenn ich hier hunderte Kilometer von meinen Eltern entfernt bin, ist die Angst mein ständiger Begleiter. Egal wo ich hingehe, befürchte ich einer von beiden könnte

gleich vor mir stehen und was sie dann mit mir machen möchte ich mir lieber nicht ausmalen. Bevor ich mir Gedanken darüber mache wie ich es jetzt weitergeht, kann ich erst mal bei Sophie im Kiosk helfen, das hilft gegen das ewige Grübeln. Bloß wenn eine Familie mit Kindern reinkommt, fällt es mir manchmal schwer nicht in Tränen auszubrechen. Irgendwie denke ich Sophie ahnt was, aber sie sagt nichts und fragt auch kaum.

Wie werde ich mich je bei ihr für all das revanchieren können? Über sie weiß ich mittlerweile eine ganze Menge, trotzdem gibt es da große Lücken, doch ich traue mich nicht zu fragen, aus Angst dann könnte sie mich fragen und dann? Am liebsten möchte ich hier bleiben, von vorne anfangen, alles vergessen aus diesem alten Leben und ein neues beginnen, mich neu erfinden. Einen Versuch ist es wert.

Geschafft. Ich bin nun wirklich eine Anwältin, ganz offiziell seit heute. Sophie hat sogar eine Überraschung für mich, darauf bin ich so gespannt.

Was sie sich wohl überlegt hat? Wobei eigentlich ich dran bin ihr ein Geschenk zu machen, nachdem was diese Frau alles für mich getan hat.

Das stimmt. Wer weiß wo ich ohne sie heute wäre. Umso mehr freue ich mich gleich mit ihr anzustoßen.

Nur noch wenige Meter vom Kiosk entfernt bin ich irritiert. Wieso brennt im Kiosk kein Licht? Sollte Sophie den Kiosk heute zugemacht haben?

Nein, das hat sie bisher noch nie gemacht. Was? Unweigerlich werden meine Schritte schneller, den Kiosk lasse ich links liegen und eile die Treppe hoch. Der verdammte Schlüssel will einfach nicht ins Schloss gehen, so sehr zittert meine Hand. In mir macht sich ein ungutes Gefühl breit und ich hoffe inständig, das ich mich irre. „Sophie? Sophie, bist du da?", rufe ich in die Wohnung hinein ohne eine Antwort zu erhalten. Schnell durchsuche ich die Räume, sehe meinen fertigen Lieblingskuchen und die Gläser zum Anstoßen schon auf dem Tisch stehen, doch bisher keine Spur von Sophie.

Jetzt nur noch das Badezimmer, wie erstarrt bleibe ich in der Tür stehen. Nein, nein, das darf nicht wahr sein. Langsam löse ich mich aus der Starre, greife zum Handy und rufe den Notarzt obwohl ich schon weiß, dass es zu spät ist. Sie ist tot.

Der Wecker klingelt unaufhörlich bereits seit mehreren Minuten. Kann dieser Idiot denn nicht einfach aufhören?

Ich will nicht aufstehen. Kann nicht. Wie soll das gehen? Heute ist schließlich... Es auszusprechen tut so verdammt weh

Und macht es nur unnötig realer. Tod. Verliere ich alle Menschen, die mir etwas bedeuten? Ist das meine Strafe?

Wofür denn? Darf ich nicht glücklich sein? Weil meine Eltern Mörder sind? Ist es das? Klebt das Blut auch an meinen Händen?

Scheiße! Voller Wut über die Gefühle und Erinnerungen die jetzt kommen schlage ich den Wecker vom Tisch gegen die Wand.

Plötzlich kehrt Ruhe ein. Die nur von meinem Schluchzen durchbrochen wird. Nach einer gefühlten Ewigkeit schaffe ich es dann doch

aufzustehen. „Was hast du dir bloß dabei gedacht, mich allein zu lassen?", denke ich als ich später an ihrem Grab stehe.

Wenigstens konnte ich sofort jemanden für den Späti finden, auch wenn es mir komisch vorkommt, dass da plötzlich jemand anderes all das tut was du bisher getan hast. Wie gut das mein neuer Job erst in einem Monat anfängt und ich bis dahin weiterhin kellnern gehe, das bringt mich auf andere Gedanken. Im Kiosk zu arbeiten, ist gerade zu schmerzhaft, als würde jemand mir tausende kleine feine Nadeln einzeln ins Herz rammen.

Gerade räume ich den letzten Tisch ab, puste mir dabei eine Haarsträhne aus dem Gesicht, als ich wieder mal den Ausblick über die Stadt genieße. Mein neues Zuhause. Immer noch gibt es Nächte, an denen ich schweißgebadet aufwache, nicht weiß wo ich bin, mich erst orientieren muss. Nach einigen Minuten beruhige ich mich dann. Hoffentlich hört das bald auf. Gleich ist endlich Feierabend. Zeit zum Entspannen. Als ich zurück zum Tresen laufen will, sehe ich wie ein Gast sich setzen möchte. „Entschuldigen Sie, wir schließen jetzt", sage ich ohne ihn anzuschauen. „Ich weiß, deshalb bin ich hier", höre ich die sanfte Männerstimme. Abrupt halte ich inne, hebe meinen Blick und erkenne ihn. Ohne es zu wollen, erröte ich leicht. Er schon wieder. Verdammt, sobald er den Laden betritt fühle ich mich unsicher. Mist. Was will er denn hier? Ich beende meinen Gang zum Tresen, stelle die Sachen ab, stelle sie noch in die Geschirrspülmaschine, warte, bis er vor mir steht. Nun stehen wir uns direkt gegenüber. Mir wird heiß und kalt. „Katrin", sage ich etwas schroffer als geplant und reiche ihm die Hand.

„Freut mich Katrin, ich bin Jens", sagt er mit einem großen Lächeln auf den Lippen.

27

Glucksend vor Lachen senke ich kurz den Kopf, nur ganz kurz um ihn dann wieder zu heben. Einzig und allein um Jens noch genauer zu betrachten. Den Mann, der mir gerade wild gestikulierend versucht etwas zu erklären. Worum ging es nochmal? Keine Ahnung, ist mir auch vollkommen egal. Spielt gar keine Rolle. Ich sehe ihn an und da ist diese wohlige Wärme in meinem Bauch, da ganz tief drinnen in mir, ist plötzlich Frieden. Sobald ich in seiner Nähe bin fühle ich mich sicher. In dem Moment wo er lacht, sind da diese Grübchen an seinem Mund. Ist das Glück? Darf Leben so auch sein? Einfach, sicher, lustig? Fast so schön wie damals mit Maria. Maria. Zack, mit einem Mal treten mir beim Gedanken an sie die Tränen in die Augen. Das hab ich nicht kommen sehen. Jens verstummt, nimmt wie selbstverständlich meine Hand, streichelt sie und will fragen. Doch ich komme ihm zuvor: „Geht gleich wieder. Erzähl mir wer du gerne sein möchtest, wenn du jemand anders sein könntest", bitte ich ihn. Flehentlich sehe ich ihn an, bitte frag nicht weiter. Lass uns das Thema wechseln, denke ich. Ich atme nochmal tief durch und dann verschwinden die bösen alten Gedanken wieder. An mein anderes Leben. Dann sehe ich zu Jens, wie er strahlt und mich mit nimmt auf eine Abenteuerreise von Erzählungen. Herrlich. Dich gebe ich nicht mehr her, schießt mir durch den Kopf.

Gerade bin ich zum ersten Mal neben Jens aufgewacht. Das erste was ich nach dem Aufwachen sehe, ist er. Ich fühle mich bei ihm so sicher, wie noch nie. All die Ängste, die sorgenvollen Zeiten scheinen mit ihm der Vergangenheit anzugehören. Mich durchströmt eine große Welle des Glücks. Ich lächle einfach so. Tränen der Freude kullern mir über die Wange. Ein kehliger Seufzer entfährt mir, woraufhin Jens die Augen aufmacht. Er strahlt mich mit seinen blauen Augen an. „Hey, wieso weinst du denn?", fragt er sanft und etwas besorgt, kommt noch näher zu mir. „Weil ich so glücklich bin", antworte ich. Daraufhin küsst er mir meine Tränen weg. Ist das der Himmel auf Erden, von dem alle sprechen? Keine Ahnung. Aber schön.

Es geht mir nicht gut. Gar nicht gut. Dabei sollte heute der glücklichste Tag in meinem Leben sein. Wieso kann ich mich nicht einfach so fühlen, wie ich es sollte? Stattdessen sitze ich hier fix und fertig in meinem Brautkleid, starre nach draußen, will nur noch weg von hier. Ich bin das nicht. Ich. Dieses ganze Leben. Gefangen im falschen, noch immer auf der Suche nach dem richtigen. Fast wie damals, nur dass es da auch noch um Leben und Tod ging. Kann ich jetzt ja fast von Glück reden. Nein, mal im Ernst. Mein Mann, mein zukünftiger, ist charmant, freundlich, witzig und sieht gut aus. Punktlandung. Alles perfekt könnte man meinen. Man vielleicht, ich nicht. Seit 5 Jahren suche ich bereits nach dem Haken an der Sache, kann bloß immer noch keinen finden. Weshalb ich mich nun in diesem Schlamassel befinde. Noch länger warten lassen konnte ich ihn ja auch nicht. Mangels Alternative, also außer dem Alleinsein, in dem ich nicht wirklich gut bin, blieb nur Endstation Hochzeit: Ehe. In diesen Momenten des angeblichen, scheinbaren Glücks frage ich mich: Darf ich das? Hab ich überhaupt ein Recht dazu? Auf Glück? Ich meine nicht generell, sondern im speziellen. Andererseits sucht man sich seine Familie nicht aus, kann doch nichts für die Verfehlungen der Eltern, oder? Plötzlich reißt mich das Türklopfen aus meinen Gedanken heraus. Mist! Zu spät. Noch einmal atme ich tief durch, richte mich innerlich auf und öffne die Tür. Ich werd's überleben, denke ich noch beim Hinausgehen.

Am Ende des Ganges kann ich Jens sehen. Er schaut mich mit seinen leuchtenden Augen an, strahlt fast schon. Sein Vater führt mich zu ihm, meiner ist ja nicht da. Ein Stich trifft mein Herz. Sie wissen es beide nicht. Kurz bevor ich den Altar erreiche, packt mich die Panik im Nacken. Kann ich noch zurück? Wo ist die nächste Tür? Ich muss hier raus! Was mache ich hier überhaupt. Mein Atem verkrampft sich, die Luft wird knapp. Verdammt. Schon stehe ich vor ihm. Jens. Der Mann, der mich liebt, nimmt wie ich bin. Schafft es oft genug keine Fragen zu stellen, obwohl er sie hat. Ich kann es sehen. Jedes Mal bei einem erneuten Alptraum, nimmt er mich in den Arm, tröstet mich, redet mir gut zu. Sein Blick, der mich trifft, ist voller Sorge, Fragen, aber auch Liebe. Plötzlich, da wo gerade noch die Hand seines Vaters war, ist nun die seine, in meiner. Wo vorhin noch all die Ängste waren und Fragen, bleibt nichts außer Klarheit. Er ist meine Rettung, meine Chance. Vielleicht wird ja doch noch alles gut, denke ich. Mir entfährt ein Lächeln.

Zitternd halte ich dieses Plastikteil in meinen Händen. Hoffnungsvoll schließe ich nochmal kurz die Augen in der Hoffnung, dass sich dieser Strich beim erneuten Hingucken als Irrtum herausstellt oder am besten wieder weg ist. Erst öffne ich nur ein Auge, nur um festzustellen, dass dieser verflixte Strich statt weg, sogar noch deutlicher geworden ist. Verdammt. Das war alles so überhaupt nicht geplant. Wie konnte das nur passieren? Ich werde keine gute Mutter sein, bei dem Vorbild. Nein. Jens und ich, das hat in Wahrheit auch keine Zukunft. Scheiße. Lass es nur ein Traum sein, bitte.

Ich liege da, völlig erschöpft, halbnackt und ratlos. Jens sieht so glücklich aus und vor allem stolz.
In mir herrscht nur die blanke Panik, das Kind ist da, mein Kind, unser Sohn.
Wo ist all das Mutterglück das ich empfinden sollte? Das stellt sich einfach nicht ein. Komm her und zeig dich, bitte.
Was wenn ich es genauso falsch mache wie meine Mutter? Kann ich bei meinen Eltern, selbst alles anders machen?
Geht das überhaupt? Und Jens? Der hat keine Ahnung. Am liebsten würde ich weglaufen,
dorthin wo mich keiner findet. Stattdessen lasse ich die beiden allein und will mich duschen,

dass alles von mir abwaschen, wie Dreck der schon viel zu lange tief in meiner Haut sitzt. Doch je mehr ich es unter der Dusche versuche

desto schmerzhafter wird es. Bis ich irgendwann auf dem Boden sitze. Plötzlich fällt mir Sophie wieder ein.

Sophie wärst du doch bloß hier. Ich vermisse dich so sehr. Als mein Schluchzen verebbt denk ich an das was sie mir immer gesagt hat:

„Manchmal kommen wir in Situationen, in denen wir jegliche Hoffnung, Glauben und Vertrauen verloren haben, kein weiter mehr sehen. Dann gilt: Nur für heute."

Wir erinnerten uns daran oft gegenseitig, falls die andere mal wieder so einen Moment oder Tag hatte. Nur für heute, heißt nämlich:

„Nicht schon alles zu sehen, den großen Plan zu kennen, sondern einfach nur heute überstehen so gut es eben geht."

Der Gedanke daran, schafft es wirklich mir Mut zu machen. Also mache ich mich fertig und mache mich wieder auf den Weg zu meinen Männern. Zögernd fast schon ängstlich nehme ich ihn dann das erste Mal richtig in den Arm,

meinen kleinen Sohn und denke, nur für heute.

„Was auch immer passiert ist, man kann doch über alles reden. Es sind doch deine Eltern", höre ich

Jens sagen. Ich schaue ihn an und fange an zu lachen. Aus dem anfänglichen Kichern wird von Sekunde zu Sekunde ein hysterisches Lachen. „Findest du das etwa witzig?", unsere Blicke streifen sich. „Nein, ganz und gar nicht Jens, aber es gibt Dinge, die…", scheiße denke ich, wie soll ich ihm das erklären. Gibt es dafür überhaupt Worte? „Ich verstehe dich einfach nicht Katrin. Seit Jahren sprichst du nicht über deine Eltern, tust fast so als wären sie tot, bisher hab ich das akzeptiert, aber jetzt. Bitte meinst du nicht, dass es einen Weg gibt? Oder erklär mir was passiert ist. Dieses ewige Schweigen, ich ertrag das nicht länger." Kopfschüttelnd wendet er sich ab, steht da am Fenster und schaut raus. All meine Wut ist verraucht, er hat Recht, bloß wie soll das denn aussehen? In mir gibt es etwas das sich nichts sehnlicher wünscht als ein „alles ist wieder in Ordnung". Langsam komme ich Jens näher und lege sanft meine Hand auf seinen Rücken. „Ich fahr hin und rede mit ihnen, okay?", flüstere ich ihm zu und weiß, dass es absoluter Wahnsinn ist. Er dreht sich zu mir, nimmt mich wortlos in den Arm und ich denke nur: „Es tut mir leid, Jens."

Das Haus sieht immer noch genauso aus wie damals, denke ich. Fest umfasse ich das Lenkrad. Es war eine blöde Idee herzukommen. Was habe ich mir nur dabei gedacht? Keine Ahnung. Ich sehe hinüber zum

Haus und erinnere mich an alles was war, fast jeder einzelne Moment meiner Kindheit taucht in mir auf wie ein sich immer wiederkehrender Alptraum. Hatte ich es nicht auch schön? Ja schon, bevor. Mein Körper schüttelt sich, die feinen Härchen stellen sich auf, eine Gänsehaut bildet sich an meinem ganzen Körper. Ganz sanft fast wie zur Beruhigung streiche ich mit meiner Hand über den mittlerweile gut sichtbaren Babybauch. Ist gut, denke ich. Es ist vorbei. Tief in mir beschleicht mich dennoch immer parallel, wenn ich versuche mir zu sagen, es ist vorbei, das Gefühl, es ist nie vorbei. Viel zu spät merke ich wie mir meine Tränen vom Gesicht perlen. Scheiße. Ich wollte nie wieder deswegen weinen. Nicht deshalb. Nein. Wild entschlossen wische ich mir die Tränen aus dem Gesicht und setze mich aufrecht hin. Ich habe es versucht. Ja das habe ich. Bin sogar extra hergefahren, aber es funktioniert nicht, geht einfach nicht. Genau. Also blicke ich noch einmal auf mein Elternhaus bevor ich langsam weiterfahre. Absolut unmöglich. Scheiß Plan. Mir fällt ein, was mein Mann sagen wird: „Komm du musst es wenigstens versuchen." Er weiß es nicht, hat einfach keine Ahnung. Wie sollte er auch? Was sagt man denn in so einem Fall? Pass mal auf Schatz, mit meinen Eltern will ich nichts zu tun haben, das sind Mörder und ich kann froh sein, dass sie mich am Leben gelassen haben? Super Idee. Oscar verdächtig. Am besten wäre es wahrscheinlich gewesen, wenn alle sie für tot hielten, aber das konnte ich nicht. Stattdessen keinen guten Kontakt, viel schief gelaufen, will nicht drüber reden. Naja, sogar bei unserer kleinen Hochzeit schluckte er das mehr oder weniger widerwillig. Doch jetzt seitdem ich das zweite Mal schwanger bin, scheint er auf dem Friede-Freude-Eierkuchen Trip, wir sind eine große heile Familie zu sein. Kotz. Würg. Es geht nicht. Vergiss es, denke ich. Er gibt sich so viel Mühe, aber ich. Manchmal frage ich mich, womit ich ihn überhaupt verdiene. Gerade als ich aus dem Dorf herausfahren will, sehe ich ihn. Im Vorbeifahren, hoffentlich erkennt er mich nicht, denke ich noch. Nein. Er ist alt geworden, mein Vater.

Aaahhh. Verdammt. Das ist einfach zu viel. Nicht nur, dass Sven seit einer Woche zahnt, nein, jetzt ist auch noch unsere Geschirrspülmaschine ausgefallen. Zwei Erwachsene und zwei kleine Kinder, der Berg an Geschirr türmt sich. Wie so oft frage ich mich, wie soll das alles gehen? Jens hat´s gut. Geht tagtäglich arbeiten, entzieht sich so dem täglichen Wahnsinn hier zu Hause, ist der liebe Papa, der abends mal eine Gutenacht Geschichte vorliest oder am Wochenende mit ihnen in den Zoo geht. Und was ist mit mir? Ich bin die böse Mama, die auch mal was verbietet, die ihnen alles hinterher räumen darf. Wo bleibe ich dabei? Während ich voller Inbrunst, die in Wahrheit Wut gemischt mit Verzweiflung ist, das Geschirr abwasche, brüllt Sven schon wieder los. Aufhören, bitte, aufhören. Den Gefallen tut er mir aber nicht. Ganz im Gegenteil. Es hört sich so an, als würde er bei lebendigem Leib geschlachtet werden. Bin ich vielleicht am Ende einfach eine Rabenmutter? Ganz ruhig, sage ich mir. Langsam, in der Hoffnung er beruhigt sich doch noch von selbst, laufe ich in Svens Zimmer. Dort angekommen verlässt mich nicht nur die Hoffnung, sondern auch meine Nerven. Mittlerweile ist Sven bereits komplett rot angelaufen. Rabenmutter, Rabenmutter, Rabenmutter, dröhnt es in meinem Kopf. Nein. Ich. Das einzige was nun noch helfen könnte wäre ihn sanft hin und her zu wiegen. Also hebe ich ihn vorsichtig aus seinem kleinen Bettchen und schließe ihn sanft in meine Arme. Zuerst ganz langsam schaukle ich ihn hin und her, jedoch scheint das heute nicht zu wirken. Verdammter Mist. Sven bitte, hör doch auf zu schreien, denke ich. Bis ich mich mit einem Mal meinen kleinen Sohn schütteln sehe, will nur noch dass er endlich still ist. Ruhig ist. Dann erblicke ich Svens Gesicht, mit seinen großen Kinderaugen starrt er mich an. „Oh Gott", entfährt es mir. Schnell lege ich ihn zurück in sein Bett. Schockiert klammere mich an die Gitterstäbe des Bettchens. Plötzlich schüttelte ich mein kleines Baby so wie... Meine Erinnerung ist zurück. Auch wenn ich damals noch so klein war. Ich erinnere mich. Felix schrie wie am Spieß, in meinem Zimmer spielte ich gerade mit meinen Pferden, bis er von einem Moment auf den anderen aufhörte. Irritiert lief ich zu seinem Zimmer, um zu gucken was los war. Da sah ich sie. Mama hielt Felix ganz fest, schüttelte ihn und sprach leise vor sich hin: „Bitte sei ruhig, sei einfach still. Bitte." Sie merkte gar nicht, dass er schon längst nicht mehr schrie, sondern machte einfach weiter. Danach sah ich meinen Bruder nie wieder.

Früher gab es viele Freunde im Dorf mit denen ich spielen konnte. Aber plötzlich war da niemand mehr. Wieso eigentlich nicht? Ich sitze am Küchentisch und schaue auf meine beiden Kinder. Wie es wohl gewesen wäre, wenn ich auch einen Bruder oder eine Schwester gehabt hätte? Sie sehen friedlich aus, wie sie da so miteinander spielen. Seit geraumer Zeit sitzt neben mir immer auch die Angst mit am Tisch. Scheinbar überall nehme ich sie mit hin, sie verfolgt mich auf Schritt und Tritt. Das fühlt sich an wie damals. Früher. Wird das nie aufhören? Jens macht sich Sorgen, direkt sagt er es nicht, aber sein Blick ist sorgenvoll. Kein Wunder bei den Alpträumen und allem anderen. Die Kinder im Dorf. Ja, schon komisch, dass sie mir gerade jetzt wieder einfallen. Sogar meine beste Freundin Maike wollte nicht mehr mit mir spielen. Alle schauten mich komisch an, gingen mir aus dem Weg, fast als wäre ich ansteckend. Mit der Sache kann das nichts zu tun haben, das war später. Nur wieso dann? Damals, früher, ein Leben weit entfernt. Weit weg von mir und meiner Familie. Hier sind wir sicher.

Mein Sohn treibt mich noch in den Wahnsinn. Das kann doch gar nicht wahr sein, denke ich. Mit schnellen Schritten laufe ich in sein Zimmer, baue mich vor ihm auf und halte ihm eine Standpauke, die sich gewaschen hat. Als er statt sich zu entschuldigen und Einsicht zu zeigen, mir ein freches Grinsen entgegen bringt ist es vorbei mit meiner Beherrschung. Die Hand zuckt und ich sehe mich schon auf meinen Sohn einschlagen. Doch noch bevor es soweit kommen kann, erschrecke ich vor mir und dem was ich hier tue so sehr, dass ich zur Salzsäule erstarre. Am Blick meines Sohnes kann ich erkennen, ihm ist spätestens nun klargeworden, Spaß ist das keiner mehr. Liebevoll streiche ich ihm über die Wange und verlasse dann schnell das Zimmer meines Sohnes. Im Schlafzimmer angekommen setze ich mich auf die Bettkante, schüttle ungläubig den Kopf während ich an meinen Vater denke. Mir wird schlecht. Nie, nie wollte ich so werden wie er, das habe ich mir schließlich geschworen. Und jetzt? Das da gerade eben war kein Deut besser als seine Methoden, beim besten Willen nicht. Wie konnte es nur so weit kommen?

Ich erkenne mich selbst nicht wieder und das macht mir Angst. Heiße Tränen schießen mir in die Augen. Vielleicht sollte ich mit meinem Mann darüber reden. Oder ich tue einfach so als wäre nichts passiert, darin habe ich ja bereits mehr als genug Erfahrung.

Nein, nein und nochmals nein. Das geht nicht. Vergiss es. Bleibt wo ihr seid. Lasst mich endlich in Ruhe! Ihr verdammten Erinnerungen. Wutschnaubend wie ein kleines Kind oder eher noch Rumpelstilzchen stampfe ich auf dem Boden herum beim Gedanken an das Treffen gerade. Soeben lief ich nichtsahnend durch die Stadt, bummelte in meinem Lieblingsviertel umher, stöberte in den verschiedenen Läden und genoss das Wochenende. Bis zu diesem einen Moment. Gerade kam ich aus dem Café heraus, wollte weiter, als ich sie sah. Maike. Mein Mund klappte mir herunter, unvermittelt blieb ich stehen. Starrte sie an. Irre ich mich? Vielleicht ist sie es gar nicht, dachte ich noch. Doch da war es schon zu spät. Maike guckte ebenfalls zweimal hin, fing an zu lächeln und kam freudestrahlend auf mich zu. „Katrin? Katrin, bist du das? Oh mein Gott, ist das lange her", redete sie drauf los, ohne Luft zu holen, genau wie damals. Völlig irritiert, immer noch festgewachsen, bewegte ich mich kaum. Denn ihr Anblick weckte Vertrautes wie Gewohntes und eben auch alte Erinnerungen, die gefälligst dort bleiben sollten wo sie waren.

Schweißgebadet und frierend wache ich auf. Es ist dunkel. Wo bin ich? Einen kurzen Moment dauert es, dann fange ich mich wieder. Immer wache ich an derselben Stelle auf. Ob dieser Alptraum je aufhören wird? Ich weiß es nicht. Langsam setze ich mich im Bett auf. Schlafen kann ich nicht mehr. Auf der Bettkante sitzend quält mich wie so oft die Frage, hätte ich etwas tun können? Wacklig in den ersten Schritten, tappe ich im Dunkeln ans große Fenster im Wohnzimmer. Mir ist so verdammt kalt.

Das Handy klingeln reißt mich aus meinen finsteren Gedanken. Wer mag das um diese Uhrzeit wohl sein? Widerwillig nehme ich ab. „Kind du musst sofort kommen, es ist was Schreckliches passiert. Oh Gott. Was soll ich denn jetzt nur machen?", höre ich meine Mutter hektisch sagen. Ich ziehe mir den Stuhl heran um mich zu setzen. Mich beschleicht nämlich das Gefühl, das hier verheißt nichts Gutes. Gefasst bringe ich ein "Mama, was ist denn los? Beruhig dich doch erst mal", hervor. Stille herrscht am Ende der Leitung. Im ersten Moment denke ich sie ist vielleicht weggegangen, aber dann höre ich sie schluchzen. Der Aufregung ist also nun die Verzweiflung gefolgt. Na bravo. Meine Mutter ist eine von der harten Sorte, so eine weint normalerweise nicht. Daher weiß ich gar nicht wie ich mich jetzt verhalten soll. Aus Angst heraus etwas Falsches zu sagen, schweige ich. Für einige Minuten bleibt es ruhig, wenn sie nicht gleich was sagt, schlafe ich hier auf der Stelle ein. Gerade als ich mich räuspern will, ergreift sie wieder das Wort. „Dein Vater Katrin, es geht um deinen Vater. Wir waren gerade dabei unseren Dachboden aufzuräumen und dann ist es passiert. Einfach so." Noch bevor sie weiter spricht bricht sie wieder in Tränen aus. Ohne dass ich genaueres weiß, macht sich in mir eine Ahnung breit. Könnte das wirklich sein? Ohne dass ich es will verspüre ich sogar den Anflug von Erleichterung in mir. Dafür allerdings brauche ich Gewissheit. „Was ist passiert Mama? Ist Papa im Krankenhaus?", ringe ich mir ab. Kann die Antwort kaum abwarten und presse vor lauter Anspannung und Erwartung das Handy noch dichter an mein Ohr. „Nein. Er…, also…, jede Hilfe kam zu spät. Dein Vater ist einfach zusammengebrochen und dann hörte sein Herz auf zu schlagen. Kannst du dir das vorstellen? Nie war er krank und dann das. Das ist einfach nicht gerecht. Verstehst du? Einfach nicht gerecht", sagt sie, am Ende hört es sich so an als würde sie es mehr zu sich selbst sagen als zu mir. Nachdem die Bedeutung ihrer Worte bei mir angekommen ist, kommt mir nur ein einziger ganz klarer Gedanke in den Sinn. Endlich! Gleichzeitig schäme ich mich dafür. Gerade eben hing ich noch in diesem ewigen Alptraum fest, der sich mein Leben lang in mich hineingefressen hat, der Moment, ab dem alles für mich anders wurde und jetzt erfahre ich, dass es vorbei ist. Könnte das eine Art von Gerechtigkeit sein? Meiner Mutter hätte ich gerade eben am liebsten entgegnet, doch das ist es. Er hat bekommen was er verdient hat und das weißt du auch. Stattdessen schweige ich, sitze auf meinem Stuhl, spüre wie mit einem Mal, die Faust, die sich seit damals immer fester und enger um mein Herz gelegt hat langsam aber sicher öffnet. Ein tiefer Atemzug entfährt mir. Woraufhin ich nicht anders kann als meiner Mutter zu entgegnen: „Ich komme so schnell ich kann", dann lege ich auf. Ich starre auf das Handy. Ist das wirklich passiert? Woher hat sie meine Nummer? Da fällt es mir wieder ein, seit damals ist meine Nummer die gleiche geblieben, vielleicht aus der Hoffnung heraus, irgendwann doch wieder für sie erreichbar zu sein. Mein Blick geht durchs dunkle Wohnzimmer und bleibt an einem Foto hängen. Wie hypnotisiert starre ich es an. In mir steigt Wut hoch, Verachtung, dennoch eben auch Tränen, wobei ich nicht ausmachen kann ob es die der Erleichterung oder der Trauer sind oder doch der Wut. Vielleicht spielt das keine Rolle. Unser letztes gemeinsames Bild, das von mir und meinem Vater. Plötzlich wird mir schlecht und ich renne ins Badezimmer um mich zu übergeben. Die Übelkeit lässt nach, doch ich klammere mich an die Kloschüssel, spüre die Kälte des Porzellans, versuche nicht zu ertrinken in meinen Gefühlen. Doch ich falle, lasse mich langsam zu Boden sinken, stütze mich an der Wand ab und schlage die Hände über dem Kopf zusammen. In mir herrscht für einen Augenblick so etwas wie komplette Leere. Völlig erschöpft lege ich den Kopf in den Nacken und schalte in den Autopiloten.

Am nächsten Morgen sitze ich im Auto auf dem Weg zu meiner Mutter. An schlafen war heute Nacht nicht mehr zu denken. Wie auch. Letztendlich erledigte ich alles Notwendige um für ein paar Tage offline zu sein, packte meine Sachen und versuchte zu verstehen, was genau mich nun erwartet beziehungsweise von mir erwartet wird. Je näher ich komme, desto größer wird meine An- und Verspannung. Viele Jahre sind ins Land gegangen ohne dass ich sie besucht habe oder etwas von mir hören ließ. Ansatzweise beschleicht mich sogar ein schlechtes Gewissen. Beim Anflug dieser Gefühle umfasse ich das Lenkrad noch fester, presse die Zähne zusammen und spüre die Tränen hochsteigen. Scheiße, scheiße, scheiße. Ich bremse ab und fahre auf den nächsten Parkplatz. Dort kann ich gerade noch rechtzeitig anhalten, aussteigen bevor es aus mir herausbricht Mit einem Mal schreie ich einfach los. Alle Anspannung, all die Wut der ganzen Jahre bricht hier mitten auf der Autobahn aus mir heraus. So laut ich kann schreie ich, bis ich fast heiser bin. Im Anschluss an die Schreie kommen die Tränen, fast auf Kommando fängt es gleichzeitig an zu regnen. Ich renne zurück ins Auto. Das Trommeln des Regens auf dem Autodach beruhigt mich; wie ein leichtes Schaukeln wiegt es mich fast in den Schlaf. Gerade noch rechtzeitig besinne ich mich und fahre weiter.

Vor über einer Stunde bin ich angekommen. Ursprünglich wollte ich mir ein Hotelzimmer nehmen, doch meine Mutter bestand darauf, dass ich in meinem alten Kinderzimmer schlafe. Hier liege ich nun auf meinem Bett und starre an die Decke. Nichts, rein gar nichts ist verändert. Alles so als wäre ich nur für einen Moment weg. Gruselig ist das. Gleich kommt die Dame vom Bestattungsinstitut, meine Mutter will das wir zusammen entscheiden. Ich bin eine Heuchlerin, zumindest fühlt es sich so an. Eigentlich will ich gar nicht hier sein. Beim Betreten des Hauses kam alles mit einem Mal zurück, die Beklommenheit, die Angst, die Kälte, die Härte, einfach alles. Wie es sich gehört, rief ich auch meine beiden Kinder an, um ihnen zu sagen, dass ihr Großvater gestorben ist. Sie werden nicht kommen, zu viel zu tun, keine Zeit. Meine Mutter war entsetzt, nachdem ich ihr davon erzählte, ich hingegen beinahe schon erleichtert. Beide leben ihr eigenes Leben und darin gibt es kaum Platz für mich geschweige denn ihre Großeltern. Es ist besser so. Für alle. Beim Anblick all dieser Dinge hier in meinem alten Zimmer, erinnere ich mich auch an die Träume, die ich einmal hatte. Dabei laufen mir Tränen über die Wange. Als ich vor all den Jahren von hier fortging, blieben auch sie hier zurück. Keine leichte Entscheidung, aber am Ende stand ich irgendwann vor der Wahl, weil mir klar wurde, ich muss hier raus, ob tot oder lebendig ist fast schon egal.

Heute ist seine Beerdigung. Die gesamten letzten Tage verbrachte ich damit meiner Mutter zu helfen, alles zu organisieren, lenkte mich mit den verschiedensten Dingen ab. Aber jetzt ist es soweit. An der kleinen Kapelle angekommen warten meine Mutter und ich bis alle anderen Gäste sich setzen um als letzte die Kapelle zu betreten. Beim Einlaufen stütze ich meine Mutter und kann die betretenen Blicke aller auf mir spüren. Es gibt fast keinen freien Platz mehr so voll ist es. Während der Rede des Pastors halte ich die Hand meiner Mutter, die sich so sehr versucht zusammenzureißen, das sie sich beinahe an mir festkrallt. Ich hingegen starre auf den Sarg. Unser Wiedersehen hatte ich mir definitiv anders vorgestellt sage ich in Gedanken zu ihm. Hört es jetzt auf, wo du weg bist? Ich balle meine rechte Hand zur Faust, versuche die Tränen der Wut und Verzweiflung zurückzuhalten, aber ich schaffe es nicht. Hast du gewusst, dass ich es weiß? Nun ist es an meiner Mutter als sie meine Tränen bemerkt mich zu trösten. Lass das! will ich ihr sagen, doch es geht nicht. Während wir dem Sarg meines Vaters bis zu seinem Grab hinterherlaufen, frage ich mich, wer sich diese Geschmacklosigkeit überlegt hat. Grauenvoll. Immer wieder werden meine Knie weich und ich laufe Gefahr umzufallen. Reiß dich gefälligst zusammen, ermahne ich mich. Am Grab angekommen schwanke ich zwischen „Gut, dass du weg bist" und „Scheiße, mein Vater ist gerade gestorben".

Wieder zurück im Haus meiner Eltern will ich so schnell wie möglich auf mein Zimmer, doch davor verharre ich. Was hatte meine Mutter gesagt? Sie waren beim Aufräumen und plötzlich fiel er einfach um? Der Dachboden, wo die beiden gewesen waren zieht mich magnetisch an. Gut, dass meine Mutter noch nicht zurück ist. Oben angekommen kann ich genau erkennen wo er gelegen hatte. In den alten Kisten mussten sie rumgewühlt haben. Ich kann nichts Besonderes an den alten Fotoalben und Sachen von früher erkennen. Was war also passiert? Gerade im Begriff wieder runterzugehen entdecke ich ein kleines Foto, das in eine Ritze der Bodendielen gefallen sein musste. Ein schwarz-weiß Foto.

Beim Anblick des Bildes wird mir kurz schwarz vor Augen und ich verliere das Bewusstsein. Die Sonne strahlt mir ins Gesicht als ich wieder zu mir komme. Wieso liege ich auf dem Boden? Ahhh. Mein Kopf dröhnt. Ich beginne mich langsam zu erinnern und begreife, dass ich kurzzeitig weg gewesen sein musste. Noch auf dem Boden liegend suche ich verzweifelt nach dem Foto. Maria, schiesst es mir durch den Kopf, als ich es wieder in den Händen halte.

Meine Sachen sind gepackt. Alles ist für meine Abfahrt vorbereitet. Ich schaue nochmal raus in den Garten. Den Garten meiner Kindheit. Entschlossen packe ich meine Tasche, schließe die Tür, mit der Hoffnung nie wieder herkommen zu müssen. Unten entschließe ich mich, doch in den Garten zu gehen. Beim Anblick der Blutbuche überkommt mich ein seltsames Gefühl, ich setze mich. „Maria", fange ich an, „es tut mir so leid. Bitte verzeih mir." Wie in Überschallgeschwindigkeit fährt mir eine Faust in den Magen. Heiße Tränen steigen mir in die Augen. Als ich auf das Haus blicke, das so viel gesehen hat, sehe ich meine Mutter an der Spüle stehen. Unsere Blicke treffen sich. Das werde ich dir nie verzeihen, denke ich. Niemals. Ich muss gehen. Im Haus stehen wir uns kurz gegenüber, meine Mutter und ich. Sie will etwas sagen, scheint zu überlegen, abzuwägen. „Katrin, kommst du mal wieder?", dabei kann sie mich nicht mal anschauen. Innerlich lache ich höhnisch. Wozu? Weil er tot ist? Ach komm Mutter. Ich schaue sie an, kann nichts sagen und verlasse mein Elternhaus daher schweigend. Im Auto sitzend schlage ich auf mein Lenkrad ein. Keine Ahnung wie lange das so geht, aber irgendwann verlässt mich meine Kraft. Der immensen Wut scheint ein Funken Trauer zu weichen. Es widerstrebt allem in mir. Also starte ich den Wagen und fahre endlich los.

„Du musst endlich mit mir reden, Katrin. Bitte. So geht das doch nicht weiter", höre ich Jens sagen, am Ende klingt es fast schon flehentlich. Verdammt. Wo bin ich da nur rein geraten. Mist verdammter. Während ich mir eine Antwort überlege, sehe ich sie zum ersten Mal. Hinter Jens steht am Rahmen der Tür wie aus dem Nichts eine junge Frau. Sie ist wunderschön, trägt ein Spitzenkleid, spielt mit ihren Haaren und scheint zu lächeln. Verliere ich nun völlig den Verstand? Sehe ich Gespenster? Oh bitte nicht. Das hat mir gerade noch gefehlt. Als ich sie genauer betrachten will, ist sie weg. Mich erinnert dieses Mädchen oder doch eine Frau, an jemanden, aber ich komme einfach nicht darauf. Egal. Genau. Ich stehe hier gerade vor einem ganz anderen Problem. Meine Ehe steht auf der Kippe oder eher am Abgrund. „Ich…", fange ich an, schaue Jens dabei in die Augen und kann den Strom der Tränen nicht mehr aufhalten, der aus mir herausbricht. Wie gerne würde ich dir alles erzählen, dir erklären, was ich doch selbst nicht verstehe. Sagen, von dem ich nichts wissen wollte. Träne um Träne rinnt mir über die Wange, ein schier nicht enden wollender Schwall kommt da raus. Aufhören! Bitte. „Jens, es tut mir so leid. Ich kann es dir nicht erklären. Bitte, versteh doch. Es ist besser so. Du warst auf deiner Geschäftsreise, da wollte ich dich nicht stören. Eigentlich ist es ja auch keine große Sache", bringe ich heraus und merke wie kläglich das klingt. „Waaass?", Jens Stimme hört sich ungewöhnlich schrill an. „Du wolltest mich nicht STÖREN? Ist das dein beschissener Ernst? Dein Vater ist gestorben Katrin. Und du hältst es nicht mal für nötig mir davon zu erzählen. Hättest du es mir überhaupt erzählt, wenn deine Mutter nicht gerade angerufen hätte und mir gesagt hätte wie schade sie es findet, dass wir uns bisher immer noch nicht kennen? Seit mehr als 20 Jahren sind wir verheiratet und du schweigst sie tot. Mir reicht´s. Sprich mit mir", sagt er und setzt sich dann ungläubig mit Kopfschütteln aufs Sofa. Noch nie ist er so wütend gewesen und so laut. Einen Moment sehe ich nicht ihn vor mir, sondern meinen Vater. Hilfe. Ich komme damit nicht mehr durch. Aber was soll ich sagen? Die Wahrheit? Klar, genau. Ach Schatz, wenn du es unbedingt wissen willst, mein Vater ist ein Mörder, Alkoholiker und was sonst noch gewesen und meine Mutter, lassen wir das. Keine Option, schon klar. Alternative verzweifelt gesucht. Ich stelle mich direkt vor ihn, schaue auf diesen Mann, den ich so sehr liebe, der erste und einzige bei dem ich mich je sicher fühlte. Dann ohne zu wissen was ich tue, wispere ich ein: „Ich liebe dich", drehe mich um und gehe. Renne die Treppe herunter, weil ich nicht will, dass er mir folgt. Auf der Straße angekommen, laufe ich kopflos durch die Stadt. Die alten Dämonen kommen, einer nach dem anderen. Ohne Erbarmen, schlagen sie auf mich ein. Lassen mich nicht mehr los. In mir schlagen die Türen geräuschvoll zu. Als ich hoch schaue erblicke ich eine Kneipe an der nächsten Ecke. Eine kleine leise Stimme in mir sagt noch: Tu es nicht. Lass es sein. Doch etwas Anderes in mir ist stärker, härter. Die Kneipe ist im Charme vergangener Zeiten eingerichtet, normalerweise würde ich rückwärts wieder hinausgehen. Nicht heute. Ich bin am Arsch und meine Ehe auch. Direkt steuere ich auf den Tresen zu, lasse mich auf einen Barhocker nieder, lass den Blick über das Schnapsregal schweifen und bestelle dann: „Zwei doppelte Tequila, pur, bitte." Der Barkeeper poliert das Glas, das er in der Hand hält noch zu Ende, schaut mich skeptisch an, will was erwidern, lässt es aber dann. Glück gehabt, mein Lieber, denke ich. Mit mir solltest du dich gerade nicht anlegen. Schweigend stellt er mir die beiden randvoll gefüllten Gläser auf den Tresen. Gerade als ich zum ersten Glas greifen will taucht neben mir ein junger Mann auf. Sehr attraktiv. Viel zu jung für dich, raunt es aus meinem Inneren entgegen. Statt weiter darüber nachzudenken nehme ich mein Glas und exe es. Der Unbekannte ist völlig außer Atem und greift sich ohne zu fragen das andere. Er ext es auch. Entschuldigend sieht er mich an, bestellt mit einer Handbewegung zum Barkeeper nochmal dasselbe, dann setzt er sich. „Scheiß Tag?", sieht er mich erwartungsvoll an. Ich mustere ihn von oben bis unten. Was zur Hölle? Mein Blick geht ihm direkt in die Augen, in mir lodert es, bei ihm auch. Da ist ein Feuer, es brennt. Ist nun nicht auch schon alles egal? Kommt es darauf noch an? Hallo, verheiratet, Mutter über 40. In mir legt sich ein Schalter um. „Scheiß Leben trifft es eher", entgegne ich ihm, ohne den Blick abzuwenden. Währenddessen stehen die nächsten Tequilas für uns bereit. Wir greifen beide gleichzeitig nach unseren Gläsern, prosten uns zu und weg damit. Ein loderndes Lächeln zeichnet sich auf meinem Gesicht ab. „Wohnst du in der Nähe?", frage ich ihn ohne Umschweife. Wir wissen es beide längst. Statt mir zu antworten nickt er, legt einen 10 € Schein auf den Tresen, nimmt meine Hand und wir gehen. Ich komme mir so verrucht vor. Dieser Mann könnte mein Sohn sein, höre ich in mir den verzweifelten Versuch mich aufzuhalten. Mich hält nichts mehr auf. Zusammen laufen wir durch die Straße, halten uns noch immer an den Händen. Plötzlich hält er an, greift mit seiner Hand meinen Nacken und küsst mich. Oh ja, ich will, denke ich. Und wie! Nach einem wissenden Lächeln von uns beiden geht der Weg weiter. Wir stehen vor dem Haus, in dem er wohnt. Letzte Möglichkeit noch zu gehen, aber das höre ich schon gar nicht mehr. Stattdessen fühle ich mich wie im Rausch, folge meiner jungen Begleitung, von der ich noch nicht mal den Namen weiß hoch in seine Wohnung. Oben angekommen, bin ich es die nun die Initiative ergreift und ihn küsst. Als wir kurz voneinander lassen, sagt er schnell: „Ich bin übrigens Erik", grinst verschmitzt bevor er mich erneut packt. Der Sex ist animalisch, leidenschaftlich und so intensiv, wie ich ihn noch nie hatte. Wahnsinn. Unsere Körper sprechen ihre eigene Sprache. Als wir danach nebeneinanderliegen, streicht er mir sanft über den Rücken, ich zucke kurz zusammen und höre ihn sagen: „Du bist wunderschön. Wann sehen wir uns wieder?" In diesem Moment wird mir klar, dass es vorbei ist. Mit mir und Jens.

Völlig nackt liege ich bäuchlings noch immer in Eriks Bett. Inzwischen ist er eingeschlafen. Mit meinem Blick zeichne ich seinen Körper nach. Er ist wunderschön, trainiert, perfekt. Für einen flüchtigen Augenblick fühle ich mich frei und glücklich. Bis mein Blick auf sie fällt. Ich versteinere. Was zur? Dort am Fenster steht wieder diese junge Frau in diesem Kleid, sie spielt mit ihren Haaren, scheint zu lächeln, schaut mich aber nicht an. Sie erinnert mich an jemanden, den ich mal kannte. Bilde ich mir das alles nur ein? Im nächsten Moment ist sie fort. Kopfschüttelnd wende ich mich ab. Wahrscheinlich bin ich einfach nur komplett durcheinander. Schließlich war es in der letzten Zeit alles ziemlich viel. Genau, das wird es sein. Ich schaue Erik nochmal an. Die Verlockung ist zu groß. Wäre mit ihm vielleicht alles einfacher? Weniger kompliziert? Tue ich Jens unrecht? Jens. Mein Ehemann, schießt es mir durch den Kopf. Der Ring an meinem Finger, ein Zeichen der Verbundenheit, unserer Liebe. Doch statt der Liebe fühle ich nur all die Klippen, die wir verzweifelt versuchen zu umschiffen. Eriks Brummeln holt mich zurück in sein Schlafzimmer, in sein Bett, indem ich noch immer liege. Völlig zerzaust lächelt er mich an: „Na schöne Frau. Du bist ja noch da."
Stimmt. Vielleicht wäre es besser gewesen schon zu gehen. Mist. Ich sollte schnell meine Sachen packen. Noch bevor ich den Gedanken zu Ende denken

kann, streicht er mir kurz über die Wange nur um mich dann an sich ran zuziehen. Ein sanfter erster Kuss, der nächste ist voller Verlangen, ohne jede Frage. Zuerst zögere ich, dann höre ich auf zu denken. Lasse mich fallen.

Als es bereits dunkel ist und Erik wieder schläft, suche ich meine Sachen zusammen. Angezogen stehe ich vor seinem Bett. Soll ich ihm meine Nummer da lassen? Eine Nachricht? Unsicher schaue ich ihn an. Könnte ich mit ihm ohne all mein Gepäck leben? Scheiß drauf. Leise nehme ich mir den Block vom Nachttisch und schreibe meine Nummer drauf. Sonst nichts. Im Türrahmen bleibe ich nochmal stehen. „Danke", flüstere ich bevor ich gehe. Aus der Tür heraus laufe ich beschwingt die Treppe herunter. Draußen auf der Straße muss ich mich kurz orientieren. Wo will ich eigentlich hin? Nach Hause? Gibt´s das überhaupt noch? Dort wo soeben noch Freude und Leichtigkeit war, ist nur noch Enge und Schwere. Langsam laufe ich in Richtung unserer Wohnung. Unten bleibe ich noch einen Moment stehen, schaue hoch, kein Licht mehr zu sehen. Gut, dann schläft Jens bestimmt schon. Besser so. Wie eine Diebin schleiche ich mich in meine eigene Wohnung. Verrückt. Unter der Dusche lehne ich mich an die kalten Fliesen. Was hab ich getan? Wie konnte das passieren? Damit setze ich alles aufs Spiel. Einfach alles. Nachdem ich im Badezimmer fertig bin husche ich ins Schlafzimmer. Lass ihn bitte weiterschlafen. Ich lege mich auf meine Seite des Bettes. Früher schlief nie jeder auf seiner Seite. Doch die Zeiten ändern sich. Und wir uns. Gerade denke ich zurück an Erik, als ich im Dunkeln Jens Stimme höre: „Schön, dass du wieder da bist." Scheiße, denke ich. Wie aus Reflex greife ich nach seiner Hand. Versuche damit mich, uns, festzuhalten, zusammenzuhalten. In der Stille der Nacht laufen mir Tränen über die Wange.

Nach der Nacht mit Erik sitze ich am nächsten Morgen beim Frühstück Jens gegenüber. Ich schaue ihn an und erkenne ihn nicht. Gerade im Badezimmer, sah ich mein Spiegelbild an, konnte die Frau dort nicht erkennen. Wann ist das alles nur so kompliziert geworden? Zwischen Jens und mir ist nicht nur dieser Tisch. Nein, da liegen scheinbar Universen dazwischen. Sie trennen uns. Wo ist all das was uns verbindet nur hin? Anscheinend ist die Sache von gestern für Jens erledigt, abgehakt. Wieder eine weitere Klippe, die es in Zukunft zu umschiffen gilt. Mit Erik gestern schien alles so verdammt leicht und einfach. Jens und ich wir hatten das auch mal. In einem anderen Leben anscheinend. Gibt es unsere Liebe noch? Ich meine, die Kinder sind aus dem Haus, wir sind allein. Könnten vieles machen, was vorher wegen der Kinder nicht zwingend möglich war. Stattdessen verharren wir in unserem alten

Sumpf des Alltags und der Gewohnheiten. Treten auf der Stelle, kommen nicht voran. Wer bin ich, wenn ich nicht hier bin? Die Frau an seiner Seite, die Mutter meiner Kinder? Was bleibt dann noch? Völlig in meine Gedanken versunken, merke ich gar nicht wie Jens aufsteht und plötzlich neben mir steht. Er sieht mich länger als gewöhnlich an: „Ich muss los. Pass auf dich auf. Bis heute Abend", sagt er und küsst mich direkt auf den Mund. Perplex kriege ich ein: „Ja, hab einen schönen Tag", raus. Noch immer spüre ich seine Lippen auf meinen, fahre mit meinem Finger die Spuren nach. Ist da noch Liebe? Der SMS Ton meines Handys reißt mich aus den Gedanken. „Guten Morgen schöne Frau, kann dich einfach nicht vergessen. Wann sehen wir uns wieder? Erik."

Erwartungsvoll sitze ich auf dem Sofa. Den ganzen Tag auf der Arbeit konnte ich mich kaum richtig konzentrieren. Mir ging die Sache mit Erik nicht mehr aus dem Kopf und dann ist da ja noch Jens. Ich weiß einfach nicht was ich machen soll. Soll ich gestehen, dass ich mit einem anderen Mann geschlafen habe? Sagen das es mir leid tut? Tut es das denn überhaupt? Nein, das ist es ja gerade. Müsste ich nicht ein riesengroßes schlechtes Gewissen haben? Verdammt, kann ich nicht einmal normal sein. Kommt es auf eine Lüge mehr oder weniger überhaupt noch an, frage ich mich, als sich die Haustür

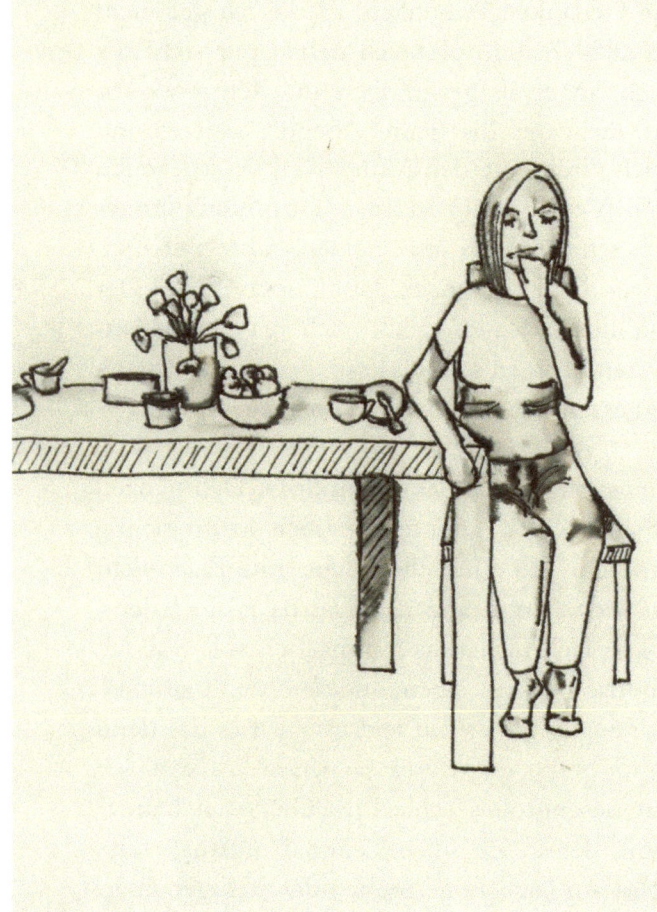

öffnet. „Hallo Schatz", ruft Jens fröhlich. Als ich ihn entdecke verschlägt es mir sichtlich die Sprache, weil er tatsächlich einen Strauß Blumen dabei hat. Mein Magen krampft sich zusammen. Das ist falsch, komplett falsch. „Hi Jens", erwidere ich zaghaft seinen Kuss. Plötzlich legt er die Blumen ab, fährt mit seiner Hand an meinen Hals entlang: „Katrin, es tut mir leid wegen gestern, lass uns das Vergessen okay?" Ich schaue ihm direkt in die Augen. Das läuft hier gerade völlig in die falsche Richtung. Andererseits fühle ich mich gerade wieder so sehr zu ihm hingezogen wie schon lange nicht mehr. Seinen warmen Atem spüre ich an meinem Hals und entscheide alles andere auf später zu verschieben. „Ja", raune ich noch bevor wir uns küssen wie wir es noch nie getan haben. Es ist fast so, wie bei unserem ersten Mal, zwei Fremde, die sich nicht kennen, deren Körper aber dieselbe Sprache sprechen.

Als wir danach nebeneinanderliegen, schaue ich ihn an, sehe wie sich sein Brustkorb noch immer schnell hebt und senkt. Du hast zu viele Fragen, die ich dir nie beantworten werde, denke ich. Das hast du nicht verdient.

Mein Wecker klingelt und reißt mich aus dem Tiefschlaf. Ich will nicht aufstehen. Denn wenn ich das tue, ist es offiziell, das letzte Hintertürchen zu. Kein zurück. Eigentlich sollte ich mich freuen, schließlich füllt die Lücke die Jens hinterlässt doch Erik. Normalerweise müsste es mir leichter fallen. Tut es aber nicht. Um ehrlich zu sein, weiß ich nicht mal ob ich es Jens überhaupt gesagt hätte, wenn da nicht Sven gewesen wäre. Am Anfang gab mir Erik das Gefühl, ich könnte einfach nochmal von vorne anfangen, ganz ohne Altlasten. Was für ein verlockender Gedanke. Zuerst glaubte ich, das mit dem alten und dem neuen Leben würde sich irgendwie ergeben, dass eine das andere ablöst oder so, tat es aber nicht. Schließlich kam was kommen musste, nämlich der Super Gau. Mein Sohn Sven erwischte Erik und mich in der Fußgängerzone. Beim Blick in den Spiegel erkenne ich mich selbst kaum mehr. Wohl fühle ich mich in meiner Haut gerade nicht. Wie es sein wird Jens gleich beim Anwalt wiederzusehen? Ich bin merklich angespannt und aufgeregt bevor ich die Tür der Kanzlei öffne. Der Termin dauert gerade mal 30 Minuten und Jens ist gar nicht erschienen, sondern hat vorher schon alles unterschrieben. Jetzt ist es offiziell, dass wir aus Jens und mir ist vorbei, für immer getrennt.

„Bitte beruhigen Sie sich Frau Böhmer", sagt die Therapeutin zu mir. „Sie sind hier in Sicherheit, ihnen kann hier nichts passieren." Hast du eine Ahnung, denke ich. Wieso mache ich das? Alles ist wieder da. Ich konnte jedes Detail vor mir sehen. Eine absolut bescheuerte Idee. Jahrelang ging es doch auch ohne. Eine Therapie, ich wusste, dass das eine bekloppte Idee ist. Aber Erik meinte das sei eine gute Idee. Super. Und was hab ich nun davon? Völlig panisch sitze ich in der Praxis meiner Therapeutin und alles ist wieder da. Bravo. Felix, Maria, meine Flucht. Alles. Ich sehe sie vor mir, kann ihre Gesichter sehen. Fühle mich verfolgt. Bestürzt schlage ich die Hände vors Gesicht und lasse den Tränen freien Lauf. Wie genau soll mir das helfen? „Es reicht. Ich will nicht mehr. Wir sollten das sein lassen", schluchze ich. Mir reicht's mit diesem ganzen Psychogelaber. Ernsthaft. „Ich kann verstehen, dass sie das alles aufwühlt Frau Böhmer. Wirklich, aber gerade dann ist es wichtig dran zu bleiben, sonst wird es sie nie loslassen. Sie müssen sich den Dingen stellen. Deswegen sind Sie doch zu mir gekommen." Wut steigt in mir hoch. Du weißt einen scheiß. Zack, Tür zu, ich mache zu. Freundlich ist nicht mehr. Nee kannste knicken. Kampfmodus ist angesagt. Alles andere ist vergessen, die Tränen versiegt. Das einzige was zählt, raus hier und zwar so schnell wie möglich. Am liebsten möchte ich sofort aufspringen, rennen, flüchten, vor mir und dem was in mir schlummert. Gerade als ich daran denke, steht sie wieder da. Direkt hinter meiner Therapeutin kann ich sie sehen, ganz deutlich, lacht sie mich aus oder an? Wieso schaut sie mich nicht an? Der Mund meiner Therapeutin bewegt sich, ich kann nichts hören. Schaue durch sie hindurch. Mir wird klar, wer sie ist, an wen sie mich erinnert. Plötzlich weiß ich es. Oh Gott. Im nächsten Moment bin ich wieder mit meiner Therapeutin allein im Raum. Ich. Ich bin es. Diese junge Frau erinnert mich an mich. Jemand der ich mal war oder vielmehr sein wollte. Kurz vorm Heulen dringt die Stimme von der Therapeutin wieder zu mir durch: „Frau Böhmer, die heutige Sitzung hat sie sichtlich mitgenommen, ich denke Sie ruhen sich erstmals aus und wir reden nächste Woche nochmal in Ruhe über alles. Was meinen Sie?" Mehr als ein kurzes knappes Nicken kriege ich nicht raus. Schnellen Schrittes verlasse ich die Praxis. Völlig durcheinander irre ich durch die Straßen. Keine Ahnung wie, aber ich lande in der Bar, wo ich damals Erik zum ersten Mal traf. Zwei Tequila, genau das was ich jetzt brauche. Oh ja. Was für'n scheiß. Ich höre Erik noch sagen: „Schatz, glaub mir eine Therapie wird dir guttun. Ich bin mir ganz sicher." Hah. Hast du eine Ahnung mein Lieber. „Zwei Tequila, auf Eis bitte", bestelle ich noch im Stehen beim Barmann. Erschöpft lasse ich mich auf den Barhocker sitzen.

Hier hat sich seit damals auch nichts verändert. Gut, dass manche Dinge bleiben wie sie sind. Das hat schon was Beruhigendes. Wenn sich schon alles andere ständig ändert. Völlig in meine Gedanken versunken, merke ich gar nicht, wie die Tequilas schon längst vor mir stehen, bis ich von rechts angesprochen werde. „Na schöne Frau, wollen sie den gar nicht mehr?" Er versucht mir zu schmeicheln. Dabei weiß ich wie ich aussehe und dass ich schon lange nicht mehr die jüngste bin. Gleichzeitig imponiert mir seine Direktheit, hinter der nichts weiter steckt als der Versuch mich rumzukriegen. Das hier ist definitiv ein Déjà-vu. Genauso lernten Erik und ich uns kennen. Vorsicht. Jaja, ist ja schon gut, ermahne ich mich. Bin ja nicht bescheuert und mach denselben Fehler ein zweites Mal. Also ehrlich. Ohne ihm zu antworten setze ich das Glas an und exe es. „Ganz allein hier?", erwidere ich nun, wobei ich ihn ganz ungeniert mustere. Äußerst attraktiv, muss ich schon sagen. Was für ein verlockender Gedanke. Meines Wissens hat keiner von uns was bestellt, doch trotzdem stehen da zwei weitere Tequila vor uns. Wie damals prosten wir uns zu und lächeln uns an. „Ja. Und du?", fragt er mehr rhetorisch, dabei setzt er ein verschmitztes Lächeln auf. Verdammt. Ich sollte einfach gehen. Genau, das wäre vernünftig. Vernünftig. Pah, viel zu lange bin ich das schon. Kann es nicht mehr hören. Kotz. Würg. Muss mal wieder was Unvernünftiges machen, einfach alles vergessen, an was Anderes denken. Oh ja. Also bin ich es nun die das Geld auf den Tresen legt, die Hand des Fremden nimmt und mit ihm verschwindet. Wie gut, dass ich immer noch meine eigene Wohnung besitze. Gott sei Dank. Plötzlich fühle ich mich wesentlich besser. Seine Hand in meiner zu spüren, gibt mir Sicherheit. Das Blut rauscht durch meine Venen. Vor meiner Haustür packt er mich und sein Kuss nimmt mir jegliche Luft. Ich will ihn so sehr. Jetzt nur noch schnell die Tür auf. Während wir uns bereits im Flur die Kleider vom Leib reißen, dabei nur innehalten um uns zu küssen, höre ich Geräusche aus dem Wohnzimmer. Einbrecher? Oder? Den Gedanken kann ich nicht mehr zu Ende denken, er ist schneller. Völlig unvermittelt steht Erik im Flur. Lässt das Glas in seiner Hand fallen, als er zuerst meine Begleitung, dann mich und die bereits ausgezogenen Kleider sieht. Ich wusste, dass es eine blöde Idee war ihm einen Schlüssel für meine Wohnung zu geben. „Meine Unterstützung scheinst du nicht zu brauchen wie ich sehe, dann ist es wohl besser ich gehe", sagt Erik zähneknirschend. Kurz kehrt er ins Wohnzimmer zurück um seine Sachen zu holen, dann höre ich seine Schritte auf den Glassplittern. Der Unbekannte versucht sich etwas ungeschickt wieder anzuziehen und ist dann ohne ein weiteres Wort verschwunden. Noch immer halb bekleidet stehe ich in meinem Flur. Was? Ich… Schon wieder. „Erik", fange ich noch an, aber da hebt er bereits seine Hand, mit der er mich zum Schweigen bringen will. „Weißt du Katrin, ich dachte wirklich wir hätten eine Chance. Aber da hab ich mich wohl getäuscht. Mach´s gut", ist das letzte was ich je von ihm hören werde. Ich rutsche langsam an der Wand entlang zu Boden. Vorbei.

Als ich nach Hause komme, finde ich einen Brief im Postkasten, der da einfach nicht hinzugehören scheint. Beim in die Hand nehmen, weiß ich, keine guten Nachrichten. Ich stecke ihn in die Handtasche, das kann warten. In meiner kleinen Wohnung ange-kommen, lasse ich mich erst mal auf mein Sofa sin-ken. Was für ein Tag. Die Wohnung wirkt kahl, fast schon steril. Seit meinem Einzug, weigere ich mich, es mir gemütlich zu machen. Fast wie eine Art der Selbstbestrafung. Vielleicht ist es das auch. Ich könn-te Erik anrufen. Genau. Gute Idee. Oder? Beim Blick in die Küche sehe ich sie schon wieder. „Hau ab", rufe ich verzweifelt. „Lass mich endlich in Ruhe! Mach das du weg kommst." Aus purer Ver-zweiflung werfe ich sogar ein Glas nach ihr. Sie ist weg. Ich halte mir die Ohren zu, presse die Hände ganz fest auf meine Ohren, nur um die Stimmen, die Worte, die in meinem Kopf hochkommen nicht hö-ren zu wollen. Klappt nicht, schon klar. Versuchen muss ich es trotzdem. Zwar liegt da vorne nur ein Glas in seinen Einzelteilen, den Scherben, in Wahrheit, aber mein Leben. Alles kaputt. Langsam lasse ich die Hände sinken. Was soll ich nur tun? Hab ich nicht alles versucht? Mir mühevoll alles aufgebaut, meine kleine heile Familie, einen guten Job gefunden, der mir sogar ansatzweise Freude macht und dann. Macht er mir alles kaputt. Typisch. Ich will, dass das aufhört. Der Brief fällt mir wieder ein. Vorsichtig ziehe ich ihn aus der Tasche. Schlimmer kann ´s ja eh nicht mehr werden, denke ich als ich ihn öffne. Doch ich sollte mich wieder mal täuschen. Langsam falte ich die förmlichen Seiten auseinander um sie gut lesen zu können. Mama! Ein erstickter Schrei entfährt mir. Oh Gott. Ich fasse mir mit der Hand an den Mund. Nein. Nicht du auch noch. Aus dem Augenwinkel sehe ich die Blätter zu Boden sinken. Sie ist tot.

Zusammengekrümmt liege ich weinend auf dem Sofa. Warum, schluchze ich. Warum, nur. Verzweifelt versuche ich mich zu beruhigen, zu verstehen, was ich weder damals noch heute verstand. Weder der Tod meines Vaters noch der jetzt von meiner Mutter macht es besser. Ganz im Gegenteil. Sie ist tot. Nicht mehr da. Kann sie nichts mehr fragen. Keine Chance. Alles zu spät. Bleischwer fühlt sich mein Körper an, nichts ergibt mehr einen Sinn. Erst Vaters Tod, die Scheidung von Jens, die Abwendung meiner Kinder und nun der Tod meiner Mutter. Erik schlug mir vor, ich sollte mal über eine Therapie nachdenken. Wie soll ich jemals davon erzählen? Erklären was ich doch selbst nicht verstehe? Gar nicht wissen will. Und doch weiß. All die Jahre hielt ich den Mund, verbannt zum Schweigen. Kein Wort brachte ich über meine Vergangenheit geschweige denn meine Kindheit heraus. Wie auch? Was sagt man da? Wie..? Ein erneuter Weinkrampf überkommt mich. Wieso hört es nicht einfach auf? Kann ich die Informationen, die Szenen, die Erinnerungen löschen, wie auf einer Festplatte. Sofort würde ich es tun. Beim Blick in die Augen meiner Kinder, am Schluss ebenfalls bei Jens, sah ich nur noch Unverständnis, Wut und Schmerz. Ich fühlte mich unfähig etwas daran zu ändern. Kriegte kein Wort über das was war aus dem Mund. Ging einfach nicht. Wieso versteht das denn keiner? Ich. Ich. In mir kriecht ein gewaltiges Gefühl hinauf. Zuerst kommt es langsam, dann immer schneller, verschafft sich größtmöglichen Platz, mir wird kalt. SCHULD. Natürlich ist mir klar, dass ich weder Maria umbrachte oder Felix, dennoch fühle ich mich schuldig. Schuldig, es nicht verhindert zu haben. Nichts gesagt zu haben. Am Ende schäme ich mich für all das, meine Familie, die Mörder, die meine Eltern sind. Kein Grund stolz zu sein, ganz im Gegenteil. Jedes Mal sobald ich eine glückliche Familie mit einem Kind sehe, trifft mich ein Stich tief in meinem Herz. Stelle mir vor, ich wäre an seiner Stelle. Doch ich war es nicht. Nie. Stattdessen floh ich. Rannte weg, in der Hoffnung auf ein neues besseres Leben. Glaubte mein altes abstreifen zu können wie eine alte Haut. Vergeblich. Immer wieder in all den Jahren holte mich meine Vergangenheit ein. Ließ mich erstarren. So wie jetzt. Sie sind beide tot. Ist es an der Zeit hinter ihnen aufzuräumen?

Ich höre den Kies knirschen, als ich mit meinem Auto auf den Hof fahre. Nichts hat sich seit damals verändert. Der Stein in meinem Magen ist groß. Meine Hände zittern.

Einen Moment lang bleibe ich regungslos im Wagen sitzen und starre aufs Haus. Dann ganz langsam wie in Zeitlupe öffne ich die Wagentür. Alles in mir weigert sich nochmal hinein zu gehen. Ich gebe nach und setze stattdessen meinen Weg in den Garten hinterm Haus fort. Erstaunt und etwas irritiert starre ich auf die Blutbuche und die Bank darunter. Genauso wie früher, entfährt es mir. Mein Körper wankt, schnellen Schrittes eile ich zur Bank, setze mich und atme erleichtert auf. In mir öffnet sich eine Schleuse der Gefühle und Erinnerungen, nichts scheint sie mehr aufzuhalten. Wie sicher war ich doch, dass es mir nichts mehr ausmachen würde. Verdammt. Gut, dass ich noch 30 Minuten Zeit habe mich zu beruhigen bis zum Termin mit dem Makler. Danach kann ich hoffentlich endlich mit allem abschließen, denke ich. Der Brief, fällt mir ein. Beim Notar erhielt ich damals nicht nur die Auskunft über mein Erbe, sondern eben auch diesen Brief. Einen Brief von meiner Mutter. Was mache ich hier eigentlich? Der Makler hätte den Verkauf doch auch ohne mich abschließen können. Ja, genau. Ist es dieses bescheuerte Schuld- oder Pflichtgefühl, was mich nun hier sitzen lässt? Keine Ahnung. Die neuen Besitzer waren ganz begeistert von der Idee, die Schlüssel des Hauses von mir persönlich zu erhalten. Manchmal könnte ich mich für meine gefühlsduselige Art und meine übergeschnappten Ideen selbst ohrfeigen. Direkt neben mir liegt er, noch immer fest verschlossen, der Brief meiner Mutter.

Mit zitternden Händen öffne ich die Handtasche und nehme ihn heraus. Ich erwische mich beim Gedanken, ob irgendwas das darin steht, jetzt noch was ändern kann? In Wahrheit kenne ich die Antwort. Nein. Nichts wird all das je ungeschehen machen. Wieso sollte ich ihn dann überhaupt lesen? Weil ich mich sonst den Rest meines Lebens fragen würde, was meine Mutter mir noch zu sagen hatte, deshalb.

Genau. Entschlossen öffne ich den Umschlag, hole den Brief heraus und beim Erkennen der Handschrift meiner Mutter, laufen mir die ersten Tränen.

Liebe Katrin,

wenn du diesen Brief liest, ist es zu spät.

Dieser Gedanke, dich nicht noch einmal in den Arm nehmen zu können, dir in die Augen zu sehen oder zu versuchen dir alles zu erklären, tut weh.

Andererseits bin ich mir gar nicht sicher, ob ich es geschafft hätte.

Ich selbst, war nie in der Lage, das Leben zu leben was ich mir gewünscht habe, mach nicht denselben Fehler wie ich, bitte.

Vielleicht kannst du mir irgendwann verzeihen, dass ich nicht die Mutter für dich sein konnte, die du gebraucht hättest.

Es tut mir leid, Katrin.

Auch wenn ich es dir nie gesagt habe, werde ich dich für immer lieben.

Deine Mutter

Ich umklammere den Brief fest, will mich daran festhalten um nicht zu fallen. Ich dich auch, Mama, denke ich.

Schweißgebadet wache ich auf. Wo bin ich? Alles liegt im Dunkeln. Neben mir liegt niemand. Beruhigt lasse ich mich wieder in meine Kissen sinken. Also nur wieder einer dieser Alpträume. Wirklich froh wäre ich, wenn all das nie passiert wäre.

Gerade packe ich die letzten Sachen vom Einkauf weg und da überkommt es mich plötzlich. Wie ein Wirbelsturm überfällt es mich, kriecht von meinen Füßen in mir hoch bis es meine Augen erreicht. Ich drohe zu ersticken, stütze mich auf dem Tisch ab, greife mir an meine Brust. Nein, nein, aufhören. Zu spät. Die Tränen der Traurigkeit sind längst da, erobern mich, lassen mich nicht mehr los. Langsam sacke ich auf den Küchenstuhl. Mit meinem tränenüberströmten Gesicht wage ich den Blick raus in den Garten, in der Hoffnung dort etwas zu erblicken, das mir heraushilft, mir sagt dass es nicht stimmt. Stattdessen packt mich die Wut, als ich den verwaisten Garten sehe, mit einem gezielten Stoß wische ich alles vom Tisch, das es nur so kracht. Geh weg, schrei ich sie an, lass mich in Ruhe. Ich will dich nicht hier haben, sage ich dann schon wesentlich kläglicher als zuvor. Mit einem Mal steht sie vor mir, schaut hinunter zum Boden, spielt mit ihren Haaren, lächelt. Bloß diesmal möchte ich sie beinahe bitten, zu bleiben, statt gleich wieder zu gehen. Denn die Einsamkeit ist erbärmlich. Ich bin in ihr erbärmlich geworden. Lange ertrag ich das nicht mehr.

„Mama, hallo? Sag mal hörst du mir überhaupt zu?", fragt Wiebke mich und reißt mich dabei aus meinen Gedanken. „Entschuldige bitte Schatz, was hast du gesagt?", entgegne ich ihr. Wieso ist sie überhaupt hier? Es ist einer der seltenen Besuche meiner Tochter und ich weiß noch nicht was sie von mir will. Das sie ganz ohne einen Grund zu Besuch gekommen ist, kann und will ich ihr einfach nicht glauben. Ihren ach so spontanen Anruf vor ein paar Tagen, wo sie mich aus heiterem Himmel um ein Treffen bat, nahm ich ihr schon nicht ab. Also was ist los? „Ich wollte gerade wissen, wann du das letzte Mal was von Papa gehört hast." Meine Tochter sieht mich während dieser Frage mit diesem bohrenden Blick an, den ich schon als Kind bei ihr anstrengend fand. Jens? Redet sie gerade von Jens? Jens. Beim Gedanken an ihn läuft mir ein warmer Schauer durch den Körper. Die erste große Liebe vergisst man nie heißt es, wie sollte man auch. „Naja, weißt du das ist schon eine ganze Weile her. Wieso fragst du?", will ich nun doch wissen. Wiebke hat nun meine komplette Aufmerksamkeit. Unruhig rutscht sie auf ihrem Stuhl hin und her. Ich kann sehen, dass sie zögert. Die Anspannung im Raum ist nun sichtlich gestiegen, beinahe greifbar. „Wiebke spuck´s aus, bitte, was ist los?", einen kurzen Moment befürchte ich Jens könnte wieder geheiratet haben oder so. Allein beim Gedanken daran, trifft mich ein Stich ins Herz. Bitte nicht. „Es geht ihm nicht so gut. Ich dachte das solltest du wissen", die Worte werden zum Ende hin immer leiser, zum Schluss ist es mehr ein Wispern. „Nicht so gut? Kind, was ist mit deinem Vater? Was genau meinst du mit nicht so gut?", höre ich mich eindeutig etwas zu schrill erwidern. Mein Atem beschleunigt sich, der gesamte Körper spannt sich an. Wie schlimm es wohl ist? „Er spricht immer wieder von dir, weißt du. Ich glaube einfach, also. Mmmhh, bevor er, also", Wiebke ringt sichtlich mit sich und ihren Gefühlen. Anscheinend will sie mich nicht sehen lassen wie es ihr wirklich geht. Das hört sich absolut alles andere als gut an. Jetzt muss ich es genau wissen. „Wird er…, ich meine. Scheiße. Wiebke, liegt dein Vater im Sterben?", presse ich hervor. Statt einer Antwort erhalte ich nur ein in Schluchzen gehülltes Nicken. Nein, so hatte ich mir einen Besuch nach so langer Zeit ganz sicher nicht vorgestellt. Jens wird sterben. Wieso? Was? Beim Betrachten meiner Tochter werde ich mitten in meinen Gedanken unterbrochen und nehme sie fast schon zum ersten Mal in ihrem Leben wortlos in den Arm. Ich kann spüren wie sie sich am Anfang dagegen noch wehrt, dann aber doch zulässt. Einige Momente sitzen wir so da, halten uns aneinander fest um uns nicht in der Fassungslosigkeit zu verlieren. Nachdem Wiebke sich langsam aber sicher wieder erholt und beruhigt sage ich in die Stille hinein: „Ich werde ihn besuchen." Trotz der traurigen Situation kann ich mir ein Lächeln abringen, damit versuche ich uns beide ein Stück zu beruhigen. Noch bevor ich weiß wie mir geschieht, steht sie wieder da. Einfach so. Wie schon so oft. Hallo, denke ich. Inzwischen machen mir diese Begegnungen mit der jungen Frau Angst. Niemals sieht sie mich an, immer geht ihr Blick zu Boden. Seit längerem beschleicht mich das Gefühl, sie könnte für all meine unerfüllten Träume und Wünsche stehen. Würde sie mir mal in die Augen sehen, wäre dann da Wut und Vorwurf oder nur tiefe Trauer? Wehmütig wende ich den Blick nochmal zu ihr, obwohl ich weiß, dass sie schon wieder weg ist. Jetzt blicke ich meine Tochter an. Vielleicht ist das meine Chance etwas gut zu machen. Vielleicht.

Unschlüssig stehe ich vor der Klinik. Wie lange haben wir uns nicht mehr gesehen? Jahre. Ich atme schwer ein und aus. Bin mir unsicher, ob das alles hier eine gute Idee ist oder nicht. Vielleicht will er mich ja gar nicht sehen. Natürlich, schließlich kann es gut sein, dass Wiebke selbst das ganze gut fände und ihn nicht mal gefragt hat. Mit einem Steinchen spielend laufe ich vor dem Eingang unruhig hin und her. Ein junger Mann kommt unvermittelt auf mich zu und spricht mich an: „Kann ich Ihnen helfen?" Mir helfen? Schöner Gedanke. Der Zug ist glaube ich mittlerweile abgefahren. Seit langem herrscht in mir eine große betretene tiefe Trauer, sie ist tief schwarz und nur schwer zu ertragen. Oh, er steht ja immer noch da. Um ihn zu beruhigen sage ich: „Nein, vielen Dank, das ist sehr freundlich von Ihnen, aber ich will jemanden besuchen." Einen kurzen Augenblick schaut er mich an, zögert, nickt dann und sagt zum Abschied: „Dann wünsche ich Ihnen einen schönen Tag." Ich blicke auf und murmle ein verlegenes: „Danke, Ihnen auch." Daraufhin straffe ich meine Schultern, atme nochmal tief ein und laufe hinein.

Am Empfang erkundige ich mich nach seinem Zimmer und setze meinen Weg durch dieses große Gebäude fort. Der typische Krankenhausgeruch fährt mir in die Nase. Bäh, wie das stinkt. Hier gleich müsste es sein, überrascht es mich. Mein Herz beginnt zu rasen. Die Hände schwitzen auch schon vor Aufregung. Vielleicht wäre es besser gewesen vorher nochmal zum Friseur zu gehen. Zu spät. Da stehe ich nämlich bereits vor Jens Zimmer. Kurz schließe ich die Augen, sammle mich, will mich gefasst machen auf das, was mich hinter dieser Tür wahrscheinlich erwarten wird und dann drücke ich langsam die Tür auf.

Ich versuche es zurückzuhalten, aufzuhalten, aber ich scheitere. Beim Anblick von Jens schießen mir die Tränen in die Augen. Nicht nur weil er furchtbar aussieht, blass, leicht eingefallen, sondern dort liegt die Liebe meines Lebens, den Mann, den ich immer geliebt habe und lieben werde. In seinen tiefen blauen Augen kann ich den Mann, der er einst war noch erkennen. „Katrin.", bringt er fassungslos, kaum hörbar über die Lippen. Er starrt mich an, als wäre ich ein Geist, ein Alien von einem fremden Planeten. Mit wenigen Schritten stehe ich bereits an seinem Bett, unsicher was ich nun tun soll, darf. Unsere Blicke treffen sich. Mit einem Mal sind all die Jahre der Trennung, des Schmerzes vergessen, da sind nur noch wir. Also greife ich nach seiner Hand, setze mich auf sein Bett und schaue ihn einfach nur an. Ganz ohne Worte verstehen wir uns, sprechen unsere eigene Sprache, so wie damals, als alles anfing. Was mit mir passiert, dafür finde ich kaum Worte, eine Welle der Erleichterung, der Hoffnung und Liebe durchströmt mich, lässt mich sogar lächeln. Das einzige, das mir in dem Moment wichtig erscheint, gar essentiell ist, dass wir beide gerade hier sind, zusammen. Ohne zu wissen wie mir geschieht, streiche ich ihm sanft über die Wange und höre mich selbst sagen: „Jens, ich bin da. Und ich habe nie aufgehört dich zu lieben. Bitte verzeih mir."

Als ich mich abwende um mir die Tränen aus dem Gesicht zu wischen, steht sie wieder da, die junge Frau. Ein Lächeln umspielt ihre Lippen, fast als würde ihr gefallen was sie sieht.

Verdammt lange her, dass ich so aufgeregt war. Hab ich alles? Ob ihm das Kleid wohl gefällt? Jens und ich sind uns bei den Treffen wieder so nah gekommen, keine Spur von Vorwurf oder irgendwelchen Klippen, die es zu umschiffen gibt. Naja, vielleicht liegt das auch an der Tatsache das er...ja, sterben wird. Die Ärzte geben ihm nicht mehr lange, jeder weitere Tag ist ein Geschenk, sagen sie. Wir haben so viel aufzuholen. Ich fühle mich gerade wie vor einem unserer ersten Dates ganz am Anfang, in mir kribbelt´s. Hoffentlich freut er sich. Noch einmal greife ich nach der kleinen Schachtel, nur um sicher zu gehen, dass sie noch da ist. Unsere Eheringe. Bereit zum Gehen, halte ich schon die Haustür in der Hand, als das Telefon klingelt. Wer? Okay, nur noch kurz das Gespräch und dann kann ich endlich zu ihm. Ich nehme den Hörer in die Hand, niemand sagt was, aber ich kann meine Tochter weinen hören. Da weiß ich es. Es ist zu spät. Jens ist tot. „Ich komme mein Schatz", rufe ich ihr zu, bevor ich auflege und anfange zu rennen, erst die Treppen aus dem Haus und dann die Straße entlang. Ich bin zu spät. Jens! Selbst im Bus schaffe ich es kaum mich zu beruhigen, traue mich nicht jemandem in die Augen zu schauen. Am Krankenhaus laufe ich einfach los, irgendwas in mir hofft, dass es nur ein Traum ist, ein schlechter, aber am Ende eben doch nur ein Traum und nicht mein Leben. Sie sitzen schon da, als ich um die Ecke komme. Unsere Kinder. Und die junge Frau steht auch da, lächelt vor sich hin. In diesem Moment geben meine Beine nach.

Es ist mitten in der Nacht, die Dunkelheit hat jegliches Licht gestohlen. Ich sitze in meinem Ohrensessel am Fenster und schaue raus. Mir ist als würde sich in mir eine große Schlucht auftun, eine tiefe dunkle Finsternis aus der es kein Entkommen gibt. Wieso darf ich nicht glücklich sein? Werde ich bestraft? Selbst nach dem Tod meiner Eltern hat sich nichts für mich geändert. Wie oft stellte ich mir vor es selbst zu tun. Sie umzubringen. Vor allem meinen Vater, dieses elendige Monster. Doch immer wieder überkam mich das schlechte Gewissen oder sogar der Gedanke, dass selbst das für ihn noch zu gut sei. Nicht Strafe genug. Nicht nach allem was er getan hat. Wollte unbedingt glauben, wenn er oder gar sie beide nicht mehr da seien, wäre es vorbei mit all den Schmerzen, den Erinnerungen und diesen Gefühlen. Denen, die in mir sind, mich allzu oft innerlich zu zerreißen scheinen, ohne zu wissen, wie ich sie loswerde. Ich hoffte so sehr, dass mit meiner Flucht ein neues Leben begann, damals. In Wahrheit lief mein altes nur an einem anderen Ort weiter. Versuchte zu vergessen, verzweifelt kaum jemanden an mich heranzulassen aus der Angst, sie könnten dahinter sehen. Die Fassade einreißen, die Maske von meinem Gesicht entfernen, um mich wahrhaftig kennenzulernen. Wir haben nie über all das was passiert ist gesprochen, meine Eltern und ich, viel zu groß war meine Angst, dass es für mich auch den Tod zur

Folge hätte. Heute hier und jetzt frage ich mich, ob das nicht vielleicht am Ende die bessere Wahl gewesen wäre. Ich bin erschöpft und es leid, diesen Kampf fortzuführen, doch weiß ich gar nicht wie das geht. Leben ohne Kampf ums Überleben. Reden statt zu schweigen. Mein Blick schweift nach draußen, wo in der großen Dunkelheit die einzigen Lichter der Hoffnung die Sterne sind. Dir Jens, hätte ich es gerne gesagt, vielleicht hättest du es sogar verstanden, aber ich war feige und wusste nach all der Zeit nicht mehr wie oder gar wo ich anfangen sollte. Es tut mir so leid.

Der Wecker klingelt noch immer unerbittlich, aber ich will nicht das heute ist. Er soll aufhören, seine verdammte Klappe halten oder meinetwegen irgendjemanden sonst nerven. Nach zwei weiteren Minuten erbarme ich mich dann doch ihn zumindest auszumachen, die Bettdecke ziehe ich mir dann aber doch wieder über den Kopf, um mir dabei wie ein kleines trotziges Kind vorzukommen. Vor vier Tagen wollte ich zu ihm, mit unseren Ringen, meine Lippen auf seine legen, wie ein ewiges erneutes Versprechen. Nichts davon konnte ich mehr tun. Er war weg, ist nicht mehr da. Keine Chance mehr, keine Hoffnung mehr in mir. Jens ist tot. Wieso nicht ich? Wieso er? Das ist einfach nicht gerecht. Und heute?

Da soll ich auf diesen Friedhof gehen und zusehen wie er da einfach abgelegt wird in die Erde und das war´s? Ich will ihn zurück. Will eine zweite Chance. Bitte! Erst sind es nur einzelne Tränen, die nach und nach zu einem heftigen Schluchzen werden. Nach einiger Zeit schaffe ich es mich aufzuraffen. Ziehe mich an und mache mich auf den Weg.

Ich stehe da, keine Ahnung wie lange, kann mich aber einfach nicht vom Fleck bewegen, keinen einzigen Millimeter weit. Will nicht weg von ihm, hier bleiben, bei ihm. Nicht zurück in meine Wohnung, zurück in meine Einsamkeit, in die Dunkelheit. Meine Kinder nehmen mich an die Hand und ziehen mich langsam von Jens Grab weg. Für einen kurzen Moment sehe ich sie an, erkenne meine Kinder und erschrecke, weil ich in Wahrheit nichts über sie weiß. Weder wer sie sind noch was ihnen wichtig ist. Getrieben von der Angst im Nacken etwas falsch zu machen, versuchte ich verzweifelt alles richtig zu machen, doch das trieb uns immer mehr auseinander. So oft hast du mich ermutigt Jens, mir gut zugeredet und ich? Bei diesem Gedanken geben meine Knie für einen Augenblick nach, aber Sven stützt mich. Wir alle drei schweigen. Auf dem Parkplatz verabschieden wir uns ohne große Worte wieder voneinander und gehen alle getrennte Wege, jeder zurück in sein Leben, ohne das des anderen betreten zu haben.

Ich habe alles verloren, ohne es je wirklich gehabt zu haben. Fühle mich betrogen um das Leben, das ich so gerne gelebt hätte, aber nicht da war. Wünschte es wäre Zeit da und Kraft für eine zweite Chance, einen echten Neuanfang. Ob dann vielleicht alles anders ist? Keine Ahnung. Mich beschleicht nur seit Jens Tod das Gefühl, es ist zu spät dafür. Nichts von dem was war kann ich je wieder gut machen oder ändern, genauso wie der Tod meiner Eltern mir nicht den Frieden gab, den ich mir danach so sehr erhoffte. Also bleibt mir nichts, oder? Für meine Kinder bin ich eine Fremde, die sich Mutter nennt, die ihnen nie die Mutter war, die sie gerne gewesen wäre, aber selbst nie hatte. Ihr Vater war der beste, den sie haben konnten, nur ist der viel zu früh gegangen. Am Ende bin ich es, die unsere kleine Familie zerstört hat, damals mit Erik und dann bei Erik mit einem anderen. Immer nur auf der Flucht, dem Versuch wegzurennen, egal wie weit, egal wohin, nur möglichst weit entfernt von den Dämonen der Vergangenheit, in der Hoffnung sie würden dann verschwinden. Bloß diesen Gefallen taten sie mir nicht. Mein Leben lang standen sie treu an meiner Seite, ließen mich nicht los, hielten mich fest, gefangen in der Vergangenheit, nur mit einem Bein in der Ge-

genwart, da und doch nie wirklich da. Zwischen den Welten, zwischen den Zeiten, in mir selbst und dem was war verloren.

90

Heute ist der große Tag. Mein großer Tag. Ich konnte die ganze Nacht nicht schlafen und bin so aufgeregt, fast wie damals vor meinem ersten Date mit Jens. Obwohl das hier etwas ganz anderes ist. In den letzten Monaten ging mir viel durch den Kopf und mir ist dabei bewusst geworden, dass ich meine Kinder nochmal sehen möchte. Mein Wunsch ist es ihnen zu sagen, dass es mir leid tut, vor allem aber das ich sie liebe. Die beiden anzurufen war schon schwer, doch bei dem Gedanken das sie beide gleich hier sein werden, bin ich hin und hergerissen zwischen Freude und Panik. Aber ich will es versuchen.

Der Tisch ist gedeckt und gerade als ich den Kuchen auf den Tisch stelle, klingelt es schon an der Tür. Mein Herz klopft so laut, dass ich Angst habe auf der Stelle umzukippen.

Unsere Begrüßung ist sehr sachlich bis ich es nicht mehr aushalte und sie beide einfach in den Arm nehme. Ich spüre ihre Anspannung, doch erleichtert stelle ich nach wenigen Sekunden fest, dass wir uns gegenseitig in den Armen liegen.

Als wir aber gemeinsam am Tisch sitzen, herrscht Schweigen, ich kann die Kuchengabeln über die Teller streifen hören. Haben wir uns denn wirklich nichts mehr zu sagen? War's das? „Schön, dass ihr da seid", wage ich nun den Anfang, schließlich will ich es versuchen. „Danke für die Einladung, Mama", sagt Wiebke zögerlich und schaut mich dabei kurz an. Sven sieht aus, als würde er etwas sagen wollen, tut es dann aber nicht. „Ich weiß, dass ich viel falsch gemacht habe, nicht für euch da war, als ihr mich brauchtet und euch vielleicht auch nie gesagt habe, wie sehr ich euch liebe und das tut mir leid." Die Worte sprudeln plötzlich einfach so heraus, die Tränen tun es ihnen gleich. Wiebke nimmt meine Hand, sie schenkt mir dabei ein Lächeln. Sven hingegen ist wütend: „Das ist alles? Dein Ernst? Nach all den Jahren und allem was passiert ist, lädst du uns zu Kuchen ein, sagst das es dir leid tut und erwartest jetzt, alles ist gut oder was? Wirklich?", schüttelt den Kopf und steht auf. „Nein, das tue ich nicht Sven und ich verstehe dass du wütend bist, auch wenn du mir vielleicht nie verzeihen kannst, aber ich wollte dass du es weißt", sage ich in der Hoffnung dass er bleibt. „Komm Sven, bitte bleib", versucht es Wiebke bei ihrem Bruder, der sich aber nicht aufhalten lässt und geht. Keine von uns läuft ihm hinterher oder versucht ihn weiter zum Bleiben zu überreden. Stattdessen sitzen wir da, schauen uns an und weinen gemeinsam.

Lieber Sven,

wenn du diese Zeilen liest, bin ich nicht mehr da. Dieser Gedanke schmerzt mich, weil ich weiß dass wir uns vorher nicht noch mal sehen werden.

Trotzdem schreibe ich dir, weil es ein paar Dinge gibt, die du wissen sollst, daher hoffe ich sehr, dass du sie liest. Ich bin mein Leben lang auf der Flucht gewesen, vor allem was war, unfähig ein Wort darüber zu verlieren aus Angst, dann alles zu verlieren was mir wichtig ist. Wusste nicht wie das geht, diese Sache, mit dem guten Leben, habe gekämpft, es versucht und bin letztlich doch daran gescheitert. Denn das Schweigen war irgendwann überall, bis ich ganz vergaß wie es ist zu sprechen. Mein Leben war geprägt von Angst und Flucht, statt bei dir, deinem Vater oder deiner Schwester zu sein, versuchte ich ständig vergeblich die Geister der Vergangenheit zu bekämpfen. Erfolglos. Ich weiß dass es dafür keine Entschuldigung gibt und dass es ein Fehler war, doch mir fehlte der Mut. Bitte Sven, leb dein Leben, solange du es noch hast, sei wütend auf mich solange du willst, das ändert nichts daran dass ich dich immer geliebt habe und lieben werde.

Manchmal ist die Wahrheit vermeintlich schwerer zu ertragen, als jede Lüge.

Und wenn die Lüge erst mal zum Leben erweckt ist, ist es schier unmöglich, sie zu töten.

In Liebe

Deine Mutter

Wie lange liege ich hier eigentlich schon? Ich bin mir nicht sicher. Was ich aber mittlerweile weiß ist, dass es zu Ende geht. Es ist alles geregelt. Nun heißt es wohl nur noch abwarten. Doch noch bevor ich mich wieder umdrehen kann für ein kleines Nickerchen, steht sie plötzlich aus dem Nichts da, wie all die anderen Male zuvor auch. Diesmal schaut sie aber nicht zu Boden und lächelt, nein, unerwartet sieht sie mich direkt an. Ihr Blick vor dem ich mich seit Jahren, ab dem Moment wo sie in mein Leben kam fürchtete, ist nicht voller Vorwurf, ganz im Gegenteil. Das einzige was ich dort erkenne ist Liebe. Liebe. Allein dieses Wort zu denken, treibt mir die Tränen in die Augen. Ohne ein Wort kommt sie näher und setzt sich an mein Bett. Ganz liebevoll sieht sie mich an, in diesem Moment bedarf es keiner Worte, allein dass sie da ist fühlt sich gut an. Ich will so viel sagen, doch statt all der Worte kommen nur Tränen. Um mich zu trösten ergreift sie meine Hand und hält sie. Diese Berührung, der warme verständnisvolle Blick, den sie keine Sekunde von mir abwendet, löst in mir alles auf. Zustimmend höre ich sie sagen „Es ist vorbei. Ich bin bei dir. Lass einfach los." All die Schuld, die Wut, die Einsamkeit und auch die Angst sind vergessen. Ich schaue sie an und lasse einfach los.

.

Manchmal trage ich das Kleid einer anderen, das der Trauer.

In Wirklichkeit aber bin ich die Liebe.